Captive d'une Nuit Enneigée

Jusqu'à ce qu'elle apparaisse et que son âme se sente captivée

Ashley Colem

CAPTIVE D'UNE NUIT ENNEIGÉE: JUSQU'À CE QU'ELLE APPARAISSE ET QUE SON ÂME SE SENTE CAPTIVÉE

First edition. November 14, 2023.

ISBN: 979-8223155775

Written by Ashley Colem.

Also by Ashley Colem

Bien Trop Brutal

Obsede Par Elle

Limite dépassée

Amour Improbable

Kataliya, la Parfaite Élue

Le Choix Ultime d'un Seul Amour

Réveille-toi, Barbara

Sexe à Répétition

Taïna est en feu

Captive d'une Nuit Enneigée: Jusqu'à ce qu'elle apparaisse et que son âme se sente captivée

Ces Attouchements Tabous: Cette nuit-là, il a changé ma vie pour toujours

Épuisement: Sienna est peut-être jeune, mais son corps sait ce dont il a besoin

Il va l'avoir: William veut Jesse plus que tout au monde

La Femme de ses Rêves: Il est obsédé par la jeune beauté qui lui a volé son cœur

Le No 1 des Connards: Il ne cherche pas d'excuses pour ce qu'il est ou ce qu'il fait

L'étrange Mariage du Milliardaire: Depuis qu'elle a commencé à développer des sentiments pour Clark

Maintenant... Elle est à moi pour Toujours: Je mets un bébé dans son ventre et une bague en diamant à son doigt

Piégé par elle: Celle qu'il voulait blesser s'est avérée être la seule à avoir jamais touché son cœur

Tenir si Fort: Il ne savait pas qu'une obsession pouvait s'emparer de lui aussi fort

Un Alpha de Mauvais Caractère: Aucune femme n'a jamais été capable de le gérer

Un Échange Très Étrange: Le destin de Cian et de Serenity, croisés dans un lycée américain

Oh, nuit enneigée, les étoiles brillent de mille feux. C'est la nuit de la grande chute du bûcheron. Son cœur était depuis longtemps dans un sommeil éternel. Jusqu'à ce qu'elle apparaisse et que son âme soit captivée.

Un frisson d'espoir, le monde de la romance se réjouit. Car une nouvelle histoire glorieuse est sur le point de commencer. Ouvrez vos liseurs et lisez cette histoire.

Chapitre 1

« Ils disent qu'il va y avoir environ 30 cm de neige qui va tomber sur nous. Vous voudrez peut-être acheter du pain. Nous sommes à court de ressources. »

"Henry, Conn fait son propre pain." La femme d'Henry pousse le vieil homme sur le côté pour prendre mon lait. Elle me l'agite au visage. "Conn, tu veux ça dans un sac?"

"Je vais le porter."

« On dirait que vous avez ce qu'il faut pour un bon ragoût. Mais je ne vois pas de viande ici. Vous allez utiliser du gibier ? J'ai entendu dire que tu avais attrapé un joli dollar l'autre jour. Un dix points ?

"Il n'y a pas de dix points par ici", marmonne Henry. Il est assis sur un tabouret derrière la caisse avec un morceau de viande séchée coincé dans le côté de la bouche.

« Ce n'est pas parce que tu n'as pas de chance que Conn n'en a pas. Dis-lui, Conn. La vieille Karen regarde à travers ses lunettes à monture ronde.

Dans le dos de Karen, Henry me lance un regard d'avertissement aigu. C'est la raison pour laquelle je ne viens pas beaucoup en ville. C'est trop facile de se mettre dans la merde même si on regarde où on va. J'ébouriffe les cheveux coupés au-dessus de ma tête et cherche une réponse qui les rende tous les deux heureux. "Je ne peux pas dire que j'ai vu des dollars de cette taille."

Henry hulule. "Je te l'avais dit."

"Cela ne veut pas dire qu'il n'en existe pas", j'ajoute précipitamment.

"C'est exact." Karen frappe le sac de farine avec un peu trop de force. Je grimace. « Ce n'est pas parce que vous ne les voyez pas qu'ils ne sont pas là. »

« S'ils existaient, je les aurais vus et comme je ne les ai pas vus et Conn non plus, qui vit dans ces putains de bois, ils ne les ont pas vus. C'est... comment tu appelles ça ?

"Ce n'est rien", insiste Karen en me tendant une canne en bonbon. "Ici. Mettez ça sur un de vos pins. Je sais que tu ne décores pas un sapin de Noël.

"Oui m'dame." Je glisse ma carte dans le lecteur.

"Laisse le garçon tranquille. S'il ne veut pas fêter Noël, il ne devrait pas être obligé de le faire.

"C'est parce qu'il n'est pas marié", répond Karen en arrachant le reçu. « Tu devrais te marier, Connecticut. Ta femme peut planter un arbre. Vous apprécierez davantage cette fois-ci avec les décorations. Ils me remontent toujours le moral.

« Je ne les aime pas. Tu as trop de foutues choses, Karen. Nous n'avons pas besoin de merde intérieure et extérieure.

J'attrape mes deux sacs, pose un sac de nourriture pour chien sur mon épaule et m'enfuis de là comme si ma queue était en feu. Bear me salue avec un aboiement rugueux lorsque je sors du magasin. Je secoue la tête. "Allons-y."

Le husky se lève lourdement et court vers le camion. Je jette la nourriture à l'arrière, puis j'ouvre la porte d'entrée pour qu'il puisse monter à l'intérieur. "Rappelle-moi quand je redescends pour que je n'aie pas à venir en ville", dis-je à mon garçon. Sa langue sort et il hoche la tête avec enthousiasme. Je lui gratte violemment le contour des oreilles avant de monter sur le siège conducteur.

Lorsque j'ai emménagé ici à Pine Hollow il y a cinq ans, je pensais que j'apprécierais l'atmosphère d'une petite ville, mais juste un peu d'exposition m'a fait réaliser que les habitants des petites villes manquaient autant de glands sur l'arbre que les habitants des grandes villes. Tout ce dont j'ai besoin dans la vie, c'est d'un ordinateur, d'une boîte aux lettres, de mon chien et d'une cuisinière. Le contact avec d'autres personnes n'est pas nécessaire.

Le vent commence à se lever alors que je me dirige vers mon lodge situé à trente minutes au nord de Pine Hollow. Il n'y a rien chez moi à part quelques cabanes vides pendant l'hiver et trois cents acres d'arbres et de sentiers. J'ai tracé moi-même certains de ces sentiers et un peu de nature m'a été fournie.

C'est un sanctuaire que je ne veux pas déranger, alors quand je croise une autre voiture qui avance lentement sur la route, je me renfrogne et je la dépasse. Les routes ici devraient être vides. La neige commence à tomber et la lumière du jour diminue lentement. J'appuie sur la pédale d'accélérateur. C'est agréable d'être chez soi pendant que le soleil se couche sur le lac.

Je vais jeter quelques gamins sur le gril et ouvrir une bière. Plus tard, je travaillerai un peu, mais l'avantage d'être indépendant, c'est qu'on fait de la merde quand on veut et maintenant, je veux me détendre sur la véranda avec Bear à mes côtés pendant que le soleil se baigne dans l'eau.

.

"Comment ça va?" Je demande à mon garçon.

Il aboie en signe d'accord. Les chiens sont vraiment les meilleurs amis de l'homme. Vous n'êtes pas obligé de dire un mot, mais ils sont de votre côté. Un vrai tour ou mourir. Je donne une autre égratignure à Bear alors que je tourne à gauche sur ma route. Le spectacle qui m'accueille me fait froncer les sourcils.

"Reculez, Bear", j'ordonne. Il le fait immédiatement. Je tends la main et sors le pistolet de ma boîte à gants. La chaîne qui pend à environ quatre pieds du sol en travers de ma route repose sur le gravier. Il y a des traces de pneus qui ne correspondent pas à celles de mon camion enfoncées dans le sable et la roche. Je pose le pistolet sur mes genoux et traverse la chaîne. La route qui mène à chez moi est sinueuse. Je l'ai fait ainsi pour qu'il ne soit pas facile d'arriver chez moi. Je verrais les gens arriver et j'aurais le temps de se préparer, mais cela signifie aussi que les gens devant moi peuvent se cacher et préparer une embuscade.

Je garde un doigt sur la gâchette de mon arme pendant que je roule sur la route.

Personne n'apparaît au premier virage ni au deuxième. Ce n'est que lorsque la ligne du toit de mon pavillon perce les arbres que je repère l'intrus – ou la voiture de l'intrus. Il s'agit d'un modèle Honda récent, gris et si clair qu'on dirait qu'il aurait pu être retiré par un terrain militaire. Je fouille dans mon rolodex mental et j'essaie de faire correspondre n'importe lequel de mes anciens camarades avec cette voiture, mais je reste vide.

«Reste», dis-je à Bear. Il hoche la tête et me regarde silencieusement pendant que j'arrête le camion et que j'en sors. La voiture grise tourne au ralenti, les gaz d'échappement du moteur s'élevant dans les airs. À l'exception d'un petit personnage assis sur le siège du conducteur, la voiture semble vide. Les apparences peuvent être trompeuses. Je descends de la sécurité et me dirige vers la voiture. Personne ne me tire dessus. Aucune fenêtre n'est baissée. La personne à bord du véhicule ne semble pas bouger.

Je frappe une fois ma main contre la vitre. La silhouette se redresse en sursaut, ses longs cheveux volant au vent alors que le conducteur se tourne vers moi. De grands yeux bleus brillants rencontrent mes yeux marron foncé.

"Putain."

Chapitre 2

Foi

«C'est un bûcheron», je murmure à Smittens, qui est recroquevillée en boule dans son lit sur la banquette arrière de ma voiture. Je ne sais pas pourquoi elle aime autant les promenades en voiture. Tout ce qu'elle fait, c'est dormir tout le temps mais si je pars sans elle, elle miaule jusqu'à mon retour. J'ai déjà été expulsé d'un appartement à cause de cela. "Il a l'air en colère."

"Que fais-tu?" » demande l'homme en retirant sa main de ma fenêtre. Je suis choqué qu'il ne se soit pas brisé avec la force avec laquelle il l'a frappé. Il a de la chance que je ne me sois pas pissé dessus avec la façon dont il m'a fait sursauter. Ma vessie était déjà sur le point d'éclater ; il n'avait besoin d'aucune aide.

"Je dois faire pipi." J'ouvre la porte. Il recule avant qu'il ne puisse le toucher. "Désolé." Je saute, non préparé à affronter le sol glissant. Mes bottes, qui sont mignonnes et poilues, sont davantage faites pour avoir l'air adorables et pas tellement pour la vraie neige. Ils n'ont absolument aucune traction. Je m'en rends compte un peu trop tard alors que je commence à tomber. Deux bras géants m'attrapent avant que je puisse faire face à la plante.

"Putain", aboie-t-il encore.

"Tu as une bouche horrible." Mes yeux se tournent vers sa bouche qui est entourée d'une jolie barbe bien taillée. Sa bouche est plutôt sympa en fait. Embrassable ? Appelez-vous la bouche d'un bûcheron embrassable ?

"Qu'est-ce que c'est que ça?" Je tourne la tête pour voir Smittens sauter de la voiture.

« Frappés ! Je l'appelle alors qu'elle s'en va vers le porche de la jolie cabane devant laquelle je suis assise depuis vingt minutes. M. Lumberjack me redresse alors qu'un chien ressemblant à un loup passe devant nous en courant vers Smittens.

"Oh mon Dieu! Obtenez votre chien. Elle va le tuer ! Je crie en me libérant de l'emprise de l'homme pour tenter de sauver le chien. Smittens est peut-être une petite chose, mais elle peut être méchante quand elle le veut.

"Ours!" L'homme crie après son chien. Smittens se retourne, lançant au chien un regard mortel alors que son dos se relève. Le chien s'arrête et tombe sur le côté. Je reste là, sous le choc. Putain de merde !

« Est-ce qu'elle l'a tué ? Je chuchote. Je vois la queue du chien remuer et je pousse un soupir de soulagement. C'est de courte durée. "Pipi. Je dois faire pipi. Je me tourne vers l'homme et attrape son manteau pour qu'il me regarde et voie à quel point je suis sérieux. « J'ai peur de le faire ici. Quelque chose pourrait me mordre ou mon pipi pourrait geler. Est-ce vraiment une chose ? Il me regarde comme si je parlais une autre langue. "Ouvre la porte!" Je crie la dernière partie. Je vais utiliser sa salle de bain, qu'il le veuille ou non. "Maintenant." Je le dirige même s'il est bien plus grand que moi.

Il m'attrape par le coude et me conduit vers la maison et vers les escaliers. Je ne sais pas s'il me malmène ou s'il s'assure que je n'ai pas d'autre erreur. Il a l'air si sérieux. Il a probablement peur que je casse mon butin et que j'essaie de le poursuivre en justice ou quelque chose comme ça. Quoi qu'il en soit, il ouvre la porte et c'est tout ce qui compte. Smittens se précipite dans la maison comme si ce foutu endroit lui appartenait. Je ne suis pas du tout choqué par son comportement. Le gigantesque chien saute et la suit.

"Ce n'était pas verrouillé?" J'aurais pu pisser il y a longtemps. Je n'avais même pas pensé à vérifier la porte. Qui ne verrouille pas sa porte ? Attendez. C'est moi qui entre dans la maison d'un homme que je ne connais pas au milieu de nulle part. Je devrais peut-être retenir tout jugement.

"Salle de bain." Il me guide à l'intérieur sans répondre à ma question. Il montre une porte. Je me précipite vers lui avant que ma vessie n'explose. C'est un combat pour enlever toutes mes affaires d'hiver assez rapidement et baisser mes pantalons. Je laisse échapper un gémissement alors que je suis enfin soulagé.

"Qu'est-ce qui se passe, bordel ?" J'entends l'homme dire dans l'autre pièce.

"Je fais pipi." Je crie ma réponse pour qu'il puisse m'entendre à travers la porte. Il marmonne quelque chose que je n'entends pas.

"Quoi?" Je me lève et me lave les mains. Il ne me répond pas. Je me regarde dans le miroir. Waouh. J'ai l'air en désordre. J'essaie d'aplatir mes cheveux, me rappelant qu'un bûcheron sexy se trouve devant la porte. Je ferme les yeux en pensant aux trois dernières minutes de ma vie. Mes cheveux ne sont pas la seule chose qui est en désordre. Je fais également partie de cette catégorie. Ce type pense probablement que je suis fou.

Je fais de mon mieux pour améliorer mon apparence. C'est aussi bon que possible. Je glisse une mèche de cheveux derrière mon oreille. Attendez. Je fouille à l'intérieur de mon pull et allume les lumières pour l'allumer. Il est bleu marine mais comporte des flocons de neige blancs qui s'illuminent. Cela me fait me sentir un peu mieux. Cela pourrait distraire mes cheveux. Je me penche, ramasse mes gants, mon manteau et mon écharpe avant d'ouvrir la porte de la salle de bain et de sortir la tête.

Mon regard se tourne directement vers Smittens, qui a fait un lit avec le chien. En fait, elle est allongée juste sur lui. M. Lumberjack les domine alors qu'il les regarde sur son canapé. On dirait qu'ils ont fait exactement cela des centaines de fois.

"Désolé pour ça." Je me dirige vers la salle de bain. Sa tête se lève, ses yeux se croisent dans les miens. Mon rythme cardiaque s'accélère. Il est vraiment beau, d'une certaine manière. Je me lèche les lèvres tandis que je l'admire entièrement. "À propos de toutes ces discussions sur l'urine." J'y retourne. Je ne peux pas arrêter d'en parler ! Qu'est-ce qui ne va pas avec moi? Je dois changer de sujet.

"Où est ton arbre?" Je demande en regardant autour de sa cabine. C'est rustique mais il y a une touche moderne. Cependant, il n'y a pas une seule décoration de vacances.

"Votre pull s'illumine." Ses sourcils se fronceront pour former ce qui ressemble beaucoup à un froncement de sourcils. Quel genre de personne froncerait les sourcils devant cet adorable pull ?

« Mignon, non ? J'en ai plus. Ils sont dans la voiture. Je montre ma voiture en regardant par la vitre avant. La neige tombe comme une folle maintenant. Ce look grincheux ne change pas avec l'annonce de mes pulls supplémentaires. Ce type est un dur à cuire. "Ça commence vraiment à baisser maintenant", je laisse entendre, en espérant qu'il ne me force pas à y retourner. Il ne mord pas tout de suite alors qu'il continue de me regarder. Il a l'air de ne pas savoir quoi faire de moi.

« Vous ne pouvez pas conduire ce genre de voiture ici. Ce n'est même pas légal. Oh Dieu merci, je pensais qu'il ne me proposerait jamais de rester.

"Je suppose que je vais rester la nuit." Je plaisante mais il ne rit pas. « Ce n'est pas ma faute si tu n'as pas de numéros au bout de ton allée ! Ce n'est que lorsque j'étais à la maison que j'ai réalisé que ce n'était pas le bon endroit. Je souffle parce qu'il est un gros con. Je veux dire, j'avais fait un effort supplémentaire pour être amical et j'avais même allumé les foutues lumières du pull. Le moins qu'il puisse faire, c'est d'essayer d'être un peu gentil. Est-ce que ça le tuerait de sourire ?

"Alors tu as enlevé la chaîne et tu as roulé jusqu'à l'allée ?" Il croise les bras sur sa poitrine, le faisant paraître plus grand qu'il ne l'est déjà.

"Mon téléphone est mort. Il indiquait deux milles supplémentaires et je pensais que c'était à peu près correct.

« Votre téléphone est mort », répète-t-il.

"Eh bien, j'ai apporté un chargeur de voiture mais il ne fonctionnait pas ou quelque chose comme ça." Je ne veux pas admettre que j'en ai un pour un autre type de téléphone. Je ne m'en suis pas rendu compte avant de l'utiliser et il était bien trop tard.

Il passe une main sur son visage. "Où essayais-tu d'aller?"

Je divague sur l'adresse.

"Tu es une ville finie." Il secoue la tête. « Vous êtes une des femmes du roi ? » Ses yeux me parcourent. Ses sourcils se froncèrent comme s'il n'y croyait pas. Je ne sais pas à quoi ressemble l'une des femmes de King mais je suppose que je ne fais pas partie de la liste selon M. Lumberjack, dont je ne connais toujours pas le nom.

"Je rencontre un M. King." Au moins, j'étais censé l'être. Je loue une petite cabane pour le mois. J'avais besoin de m'éloigner. Je pensais qu'un mois d'exclusion me ferait du bien. J'ai laissé derrière moi mon horrible ex et ma demi-soeur tout aussi horrible, Trish, qui se tapait mon ex actuelle. Qui sait depuis combien de temps cela durait ? Pas étonnant qu'il n'ait jamais essayé de rentrer dans mon pantalon. Pourquoi ne pas sortir avec elle pour commencer ? Rien de tout cela n'avait de sens pour moi. Et ils pensent que je suis l'intrus.

Je n'irai à aucune fête de famille cette année. Ils peuvent tous le sucer. Leurs vacances vont être nulles sans moi pour faire briller la journée avec toute ma joie des Fêtes. Noël est ma fête. Je fais tout le travail. Je veille à rassembler tout le monde. Je sais que c'est parce que je me sens comme une étrangère. Mon père a épousé une femme qui avait deux filles et un fils. Ma mère est hors de propos. Elle a été comme ça toute ma vie. Je pense que mon père essayait de faire de nous une famille, mais en réalité, je me suis un peu perdu dans le mélange même si j'ai travaillé dur pour essayer de m'intégrer.

J'attends Noël avec impatience chaque année et je ne peux m'empêcher de penser que ma demi-soeur s'est assurée qu'elle avait toute cette grosse explosion en couchant avec mon petit ami exprès pendant Thanksgiving. Je me suis juste levé et je suis sorti. Pire encore, mon propre père ne m'a pas poursuivi. Personne ne l'a fait. Tout ce que j'ai entendu, c'était des cris et des cris à cause d'un petit ami qui était super nul de toute façon. Je ne suis sortie avec lui que parce que Trish m'a supplié de le faire.

"Pas par ce temps, tu ne l'es pas." Il laisse tomber ses bras croisés sur sa poitrine. "Votre chat dort déjà et le soleil se couche."

"Elle dort toujours." Je lui donne un coup de main. Cependant, elle ne dort normalement pas avec des chiens. Elle aime s'asseoir dans son hamac dans mon appartement et les siffler lorsqu'ils passent dans la rue en contrebas. Maintenant, elle en a fait un lit. "En plus. Tu n'as pas l'air trop excité à l'idée que je passe la nuit. Tu n'as même pas ri de ma blague sur le fait de rester ici pour la nuit," dis-je, même si je ne plaisantais pas vraiment. Je croise les bras sur ma poitrine, faisant semblant d'être offensé.

"Parce que ce n'était pas une blague." Sur ce, il se dirige vers la porte d'entrée, me laissant là. Je le suis mais m'arrête quand j'arrive à la porte, réalisant que je n'ai aucun équipement d'hiver sur moi et qu'il fait glacial. Je le regarde commencer à sortir des objets de ma voiture et à les ramener à l'intérieur.

"Que fais-tu? Je n'ai pas besoin de tout ça pour une nuit.

« Mieux vaut l'avoir ici. Vos portes pourraient se fermer par le gel », me dit-il avant de repartir. Je le regarde apporter tout. Cela prend presque cinq voyages.

"Comment as-tu mis autant de merde dans cette petite voiture ?"

"Ce n'est pas de la merde." Je défends mes affaires. Il me regarde comme s'il ne me croyait pas. J'essaie de le regarder mais ça ne fait rien. Je savais que ce ne serait pas le cas parce que mes compétences flagrantes font défaut. Je devrais prendre une leçon de lui.

"Tu es vraiment en train de jouer ce truc de bûcheron grincheux."

"Je ne suis pas un bûcheron."

« Vous ne coupez pas de bois ? Mes yeux se tournent vers la cheminée avec du bois chargé à côté.

"Cela ne fait pas de moi un bûcheron."

"Pouvons-nous faire du feu?" Je me dirige vers la belle cheminée entourée de pierre. Je me demande si c'est original à la maison.

« Pouvez-vous rester dans le sujet ? »

« Clairement, je reste. Je veux dire, tu n'as pas besoin de me supplier. Vous avez déjà apporté toutes mes affaires. Je tourne. Il regarde mon pull. Il continue de le regarder. "C'est mignon."

"Tu as remarqué que les flocons de neige sont juste au-dessus de tes seins ?"

Je lève les mains, couvrant mes seins comme s'ils étaient visibles. Il esquisse un sourire. Son premier et il est magnifique. J'essaye un autre de mes regards qui ne fait que le faire secouer la tête.

"Allez, Ours." Il lui tapote la jambe mais le chien ne bouge pas. Smittens se lève, tâte et se met à nouveau à l'aise dans une nouvelle position au-dessus du chien.

"Ouais, Smittens obtient en quelque sorte ce qu'elle veut."

"C'est ma maison." Il lui tapote à nouveau la jambe. L'ours ne bouge pas d'un pouce.

Je regarde mes Smittens. "Pas plus."

chapitre 3

Ma maison a été envahie. Mon espace a été… violé par une fille qui ne monte pas beaucoup plus haut que ma poitrine et un chat encore plus petit qui s'appelle Smittens ? Qui diable donne un nom à quelque chose, sans parler de cette créature maléfique, Smittens ?

«Je vais vous prêter ma voiture», je déclare. Je ne peux pas la laisser rester ici plus longtemps. Déjà le parfum de la maison change. Ça devient… plus doux. Je déteste les douces merdes.

"Pour quoi ?"

"Alors tu peux te rendre chez King." La dernière chose que je veux faire, c'est m'impliquer auprès des femmes de King. C'est tous une sorte de désordre. Je vis ici dans les bois pour éviter les dégâts et les gens.

«Je ne sais pas conduire un camion.» Elle se rapproche de la cheminée. « Je pense qu'il faut une licence spéciale pour cela. Je ne conduis que des voitures et plus particulièrement ma voiture. Vous savez que chaque voiture a sa propre personnalité. La mienne – au fait, elle s'appelle Minnie – est très capricieuse. Elle n'aime ni le froid ni la chaleur extrême. Elle n'est pas non plus très douée pour filtrer le pollen mais malgré tout ça, elle passe toujours quand j'ai besoin d'elle. Comme aujourd'hui, même s'il neigeait et que je n'avais pas de pneus spéciaux pour la neige, elle est très bien arrivée chez toi.

Je serre l'arête de mon nez. Cela ne se passe pas comme je le pense et je ne sais pas quoi faire. Je ne peux pas l'enlever physiquement parce que je devrais la toucher et elle est tellement sexy que si je mets mes mains n'importe où sur son corps, surtout près de son support spectaculaire, je sais que je vais finir par l'allonger. sur la première surface horizontale et lui foutre la lumière du jour.

Mais à moins de la récupérer et de la mettre dans mon camion, comment diable vais-je la faire sortir ? Elle s'installe devant la cheminée et commence à gratter Bear derrière les oreilles. Il pousse un gémissement pitoyable et pose sa tête sur sa jambe. Son nez n'est pas si loin de la chatte de la fille et j'ai ce soudain et irrationnel élan de jalousie envers mon foutu chien. C'est un cauchemar.

"J'ai une voiture."

Elle penche la tête. "Qu'est ce que c'est?"

Sous cet angle, je vois le haut de ses seins, tout rose et rebondissant. Je me lèche les lèvres. Elle aurait bon goût. Je le sais avec certitude. Ses seins auraient un goût de pêche et sa chatte aurait un goût de crème. Je me demande à quel point elle est sensible. Voudrait-elle venir tout de suite ou a-t-elle besoin d'un peu de travail ? De toute façon, je m'en fiche car les deux sont bons. Si elle vient tout de suite, je la mangerai encore et si elle a besoin d'un peu de travail, c'est d'autant plus de plaisir pour moi-je me secoue. Je n'ai pas besoin de suivre cette voie. Mon pantalon de travail est déjà serré. Ce que je disais? Oh, ouais, ma voiture. Mon bébé. Ma Shelby Mustang 1967 classique et construite sur mesure, d'une valeur de 2 millions de dollars. Il développe 427 chevaux et, même s'il se comporte probablement comme un cul dans la neige, son moteur est suffisamment puissant pour le propulser jusqu'à King's.

La fille devant moi a l'air d'avoir sa place dans cette Mustang. Il n'y a pas beaucoup de banquette arrière, donc le meilleur endroit pour la faire serait le capot. Je devrais pousser ses seins sur la capuche, baisser son pantalon et lui écarter les jambes pour que sa chatte soit ouverte et prête pour moi. Elle serait excitée, bien sûr, parce que c'est la Shelby et qui ne serait pas excité par ça ? La crème coulait sur sa jambe et je frottais la tête de ma bite dans son sperme jusqu'à ce que je sois lisse avec son jus. Ensuite, je la frappais et faisais rebondir ces seins sur sa poitrine. Je lui poussais les fesses très haut jusqu'à ce qu'elle soit sur la pointe des pieds et qu'elle doive compter sur moi pour garder l'équilibre. La seule chose qui la maintiendrait debout serait ma bite dure dans sa chatte humide.

La jeune fille s'éclaircit la gorge. "Euh, avant que tu n'aies des idées" - elle jette un regard pointu vers mon entrejambe et ma bite se contracte joyeusement en réponse - "peut-être devrions-nous nous présenter. Je suis Faith. Elle tend la main dans ma direction.

Je me demande ce qu'elle ferait si je prenais sa paume et la posais sur ma bite douloureuse. Ouais, il est évident, à travers mon pantalon de travail ample en toile, que je suis actuellement au centre de toute mon attention. De plus, même lui serrer la main sera dangereux. Je me retourne brusquement et me dirige vers une petite rangée de crochets près de la porte séparant la cuisine du garage. Attrapant les clés de Shelby, je reviens et les lui lance. Elle ne fait aucun geste pour les attraper et ils tombent au sol à ses pieds. Bear est au paradis des chiens et ne regarde même pas dans ma direction. Le chat bâille largement, la petite langue s'enroulant avec dédain avant que Smittens ne repose sa tête sur ses pattes.

Faith presse ses jolies lèvres l'une contre l'autre et secoue la tête. « J'ai trop chaud pour partir maintenant. De plus, je suis sûr que c'est probablement un crime de forcer quelqu'un à laisser un feu, un chien et un chat. Même s'il ne s'agit pas d'un véritable crime, nous savons tous les deux que ce serait complètement immoral, alors je vais faire comme si il n'y avait pas les clés d'une voiture dont je n'avais jamais entendu parler auparavant à mes pieds. Elle tapote le tapis à côté d'elle. « Viens et enlève une charge. Vous deviez avoir l'intention de vous asseoir près du feu, n'est-ce pas ? Sinon, pourquoi en allumeriez-vous un ? Je vais tout te raconter sur mon horrible week-end et tu pourras me parler du tien.

Je lance une dernière offensive désespérée. "Si tu ne pars pas, je vais te baiser sur le tapis devant Bear et Smittens, alors soit tu prends les clés, soit tu enlèves tes vêtements."

Chapitre 4

Foi

Je couvre les petites oreilles de Smittens. "Ne parle pas comme ça devant eux." Je ne peux pas résister à ma réaction face à ses paroles grossières. Je suis bizarrement attirée par le bûcheron grincheux qui ne m'a toujours pas dit son nom mais qui m'a dit qu'il me baiserait. Je devrais être consterné. Je pense que personne de toute ma vie ne m'a jamais parlé ainsi.

Mes yeux se tournent vers les clés qui traînent toujours sur le sol à côté de moi. Je pèse mes options. Je pourrais prendre la voiture et sortir d'ici ou accepter l'offre de M. Lumberjack. Il récupère les clés avant que je puisse lui donner ma réponse. Je lève les yeux, rencontrant ses yeux qui semblent maintenant remplis de désir.

"Trop tard." Il fourre les clés dans la poche de son pantalon. "Le roi a perdu sa chance."

« J'ai déjà payé le mois de loyer. Je ne pense pas qu'il perde quoi que ce soit. Ce type King ne se soucie probablement pas de savoir si je me présente ou non. Il a déjà son paiement pour la location de la cabane. "En plus, j'accepte votre offre." J'acquiesce, ayant pris ma décision. "Après avoir couché les enfants." Je lève les mains des oreilles de Smittens et embrasse le haut de sa tête.

"Quoi!"

Je le regarde à nouveau. Je pense que je l'ai peut-être un peu choqué en acceptant sa proposition. "Tu as un marché, Jack." Je le jure, lui et moi ne parlons pas le même langage mais je pense que le sexe est universel, donc ça n'a pas d'importance.

"Je m'appelle Conn", me corrige-t-il.

"Hmm." Je débats pour savoir quel nom je préfère. "Mais tu ressembles plus à un bûcheron." J'étudie son visage. Sa mâchoire est dure. Ses traits du visage sont nets. Je laisse mes yeux parcourir tout lui, en capturant chaque instant de lui. «Ouais, je peux voir Conn aussi. Je suppose que je vais t'appeler comme ça.

"Je préférerais que tu m'appelles par mon nom quand je te baise."

Je remets mes mains sur les oreilles de Smittens. "Tu vas l'avoir", je lui siffle. En réalité, je ne fais que le taquiner. Bien sûr, Smittens n'a aucune idée de ce qu'il dit, mais j'essaie de convaincre Conn de sourire. Même si ce n'est qu'un tout petit.

"Tu as raison. Je vais l'obtenir. Il franchit les dernières marches entre nous. D'un mouvement rapide, il me soulève du sol. "Tu sais ce que tu viens d'accepter?"

"Vengeance sexuelle." Il s'arrête à mi-chemin. Je ne sais pas vraiment où il va. Peut-être dans sa chambre pour que Smittens et Bear ne voient pas les moments sexy. Je n'ai jamais fait quelque chose de pareil de ma vie, mais après la façon dont tout s'est passé à la maison, je vais faire preuve de prudence et profiter de ce gros homme. Il a l'air d'être exactement ce dont j'ai besoin pour oublier que ma vie est un gâchis.

"Vengeance sexuelle?" il interroge. Son expression faciale change. Il est difficile de dire si c'est devenu plus grincheux. Était-ce possible ?

"Ouais. N'est-ce pas comme ça qu'ils appellent ça ? Pour surmonter un gars, vous en subissez un autre ? Attends, est-ce que ça compte si je n'ai jamais été sous les ordres de mon ex ? Conn me dépose sur le canapé. Il se pince une nouvelle fois l'arête du nez. Il a l'air frustré mais je ne sais pas pourquoi.

"Je veux que ce soit clair avant de perdre ma merde."

"On dirait que tu as déjà dépassé ce point." Je peux dire que Conn mène une sorte de bataille intérieure avec lui-même. Je ne sais tout simplement pas si c'est à cause de lui qui fait le sale boulot avec moi. Je ne vois pas pourquoi cela doit être une bataille. Je suis prêt à perdre la carte V au profit de ce bûcheron sexy. Je cherchais une aventure. De quoi me changer les idées et c'est exactement ce que j'ai trouvé. Même s'il est grand partout, je sais d'une manière ou d'une autre qu'il va me faire du bien.

« Pouvez-vous arrêter de parler pendant deux minutes ? »

Je hoche la tête. Je pense que je peux gérer ça. Cependant, Smittens ne l'a pas. Elle miaule alors qu'elle fait à nouveau un lit avec Bear. Il n'arrête pas de me regarder. Je sais que c'est parce qu'il veut que je revienne près du feu et que je le caresse encore.

« Tu sors avec King ? » Je secoue la tête, non. « Alors pourquoi allais-tu chez lui ? » Je le regarde, pensant que cela ne fait qu'une trentaine de secondes sur mes deux minutes de silence. "Tu vas me répondre?" J'ouvre la bouche puis la ferme. Il essaie de me piéger pour que je parle. Je reste silencieux parce que je suis compétitif et je ne perds pas ça.

"Tu peux parler." Il grogne. Pour une raison quelconque, je ne suis pas du tout choqué lorsque le son vient de lui. Le grognement lui va plutôt bien. Cela n'aide pas non plus à durcir mes mamelons. Je ne peux pas blâmer le froid. La cheminée avait fait du bon travail en me réchauffant, mais c'était sa sale proposition qui me faisait chaud partout.

«Je lui loue une cabane», je réponds. Dois-je me conformer à la règle des deux minutes sans parler ? Je ne suis pas sûr, alors je reste assis là, la bouche fermée. "Je vous l'ai déjà expliqué." Je croise les bras sur ma poitrine avec frustration. De toute évidence, il est épais partout, pas seulement sur son corps. Mon Dieu, ces cuisses détiennent probablement le pouvoir de conduire n'importe quelle femme à l'orgasme.

"Ne vous couvrez pas." Ses yeux me regardent de la tête aux pieds. Je garde mes bras sur ma poitrine parce que je m'énerve contre lui maintenant. Je n'aime pas qu'on me dise de ne pas parler. Ma sœur disait toujours que je parlais trop. Sur lequel j'ai divagué.

«Ne parle pas, ne te cache pas, ne reste pas ici», lui dis-je d'un ton acerbe parce qu'il me rend fou. Je pose mes mains sur mes hanches jusqu'à ce que je réalise que je l'ai écouté par inadvertance. Ensuite, je les soulève et les croise à nouveau sur ma poitrine. Je jure que je vois sa lèvre se relever un tout petit peu. Je retourne vers la cheminée et mets mes mains sur les oreilles de Smittens. "Vas-tu prendre ma virginité ou pas?"

Chapitre 5

Connecticut

Le téléphone sonne avant que je puisse lui répondre. Je savais que je n'aurais jamais dû installer de technologie dans ma maison.

« Wow, un téléphone fixe. Vous avez un vrai téléphone sur votre mur. Elle saute du sol et se précipite vers la cuisine pour inspecter la machine infernale. « Et c'est un cadran rotatif ! Où est-ce que tu as eu ça?"

Elle agit comme si elle ne me demandait pas simplement de la baiser. Je me gratte derrière l'oreille et la regarde avec confusion tandis qu'elle inspecte le téléphone.

"Il est venu avec la maison." Je m'approche et accroche les clés de la voiture au crochet. Le soleil est presque couché. Bear se lève et se dirige vers son bol. Il donne un coup de nez au récipient vide en acier inoxydable. Je fouille dans le réfrigérateur et sors sa nourriture pour chien. Smittens doit sentir la viande car elle se précipite également, enroulant son petit corps autour des jambes de Bear.

"'Tu ne vas pas y répondre?"

"Non." Je verse le mélange de viande dans le bol, puis j'en cherche un plus petit pour Smittens. "Qu'est-ce que ton chat mange?"

"Et si c'était important ?"

"Ils rappelleront." Juste au bon moment, les anneaux ont été coupés. "Qu'est-ce que ton chat mange?" Je répète.

"Oh, euh, de la nourriture pour chat." Faith se rapproche de moi. Elle pose son doigt sur un morceau de viande crue. « C'est de la nourriture pour chien ? Je pense que ton chien mange mieux que moi. Qu'y a-t-il ici ? Des pois, des carottes, un steak ?

Elle sent l'arbre fruitier. J'ai envie de décrocher ma mâchoire et de l'avaler en entier, mais elle est là pour me demander des recettes de nourriture pour chiens. « Gruau », je grogne.

"Gruau?"

"Les acides gras. Il contient des jaunes d'œufs, du steak, des carottes, des pois, des épinards et des flocons d'avoine.

«C'est meilleur que ce que je mange habituellement. Miam." Sa petite langue sort.

Elle est plutôt petite, mais c'est peut-être parce qu'elle n'a pas assez à manger. Sa voiture est un modèle récent d'édition étrangère, fiable mais pas sophistiquée. Ses vêtements ont l'air décents. Je veux dire, son pull s'illumine et je suppose que ça ne peut pas être bon marché, non ? Peut-être qu'elle dépense tout son argent en vêtements et qu'elle n'en a pas assez pour se nourrir. Je suppose que je devrais nourrir la fille avant de faire quoi que ce soit d'autre, que ce soit la baiser ou l'envoyer chez King. L'idée de l'envoyer chez King's me fait vraiment chier, alors je me concentre sur la nourriture.

"Tu es d'accord pour que j'en donne à ton chat ?"

"Je ne sais pas. Que se passe-t-il si Smittens mange cette nourriture et refuse ensuite la nourriture pour chat ? Je suis un mauvais cuisinier et je ne peux pas préparer un repas aussi bon pour moi, encore moins pour mon chat. Mais peut-être qu'elle comprendrait que nous sommes en vacances et que vous obtenez toujours quelque chose de spécial lorsque vous êtes en vacances. Même si, pour être honnête, nous ne sommes pas vraiment en vacances. Je m'enfuis.

Je serre le poing autour du petit bol que j'ai attrapé pour Smittens. "Qu'est-ce que tu as dit?"

« Euh ? Que je suis un mauvais cuisinier ? Elle soulève le bol et le renifle. «Ça ne sent même pas la nourriture pour chien. Êtes-vous sûr que c'est ce que mange Bear et pas vous ? Peut-être que vous avez sorti le mauvais sac du réfrigérateur. Elle passe une main devant mon visage. « As-tu une mauvaise vue ? Cela me paraîtrait logique car il faut avoir des défauts. On ne peut pas avoir chaud avec une vision parfaite, n'est-ce pas ? Dieu doit laisser du matériel pour nous tous.

Le changement de sujet ultra-rapide et le compliment inattendu me laissent sans voix. Elle pense que je suis... sexy ? Je pense que personne n'a jamais dit ça de moi. Grincheux. Oui. Connard. Oui aussi. Pas de bon voisinage. Double oui. C'est peut-être elle qui est aveugle. Cela me semble logique, mais je mets cela de côté car il y a quelque chose de plus important à aborder. Cette fille est en danger.

Je verse un peu de nourriture pour chien dans le petit bol qui est maintenant légèrement déséquilibré à cause d'avoir été serré trop fort dans mon poing et je le pose sur le sol avec celui de Bear. J'attends que les deux animaux commencent à manger avant de confronter Faith. « Vous avez parlé de vengeance, King, et de fuite. Toutes ces choses me disent que tu as des ennuis, alors commence à parler.

Elle agite la main. "Ce n'est pas grand chose. C'est juste que mon ex me trompe avec ma demi-soeur. Ce n'est pas comme si je l'aimais. Je ne suis même pas sûr de l'aimer beaucoup. Trish, c'est ma demi-soeur, c'est celle qui m'a mis en contact avec lui en premier lieu. Pourquoi a-t-elle fait ça alors qu'elle le voulait elle-même, je ne sais pas. Cela n'a vraiment aucun sens, n'est-ce pas ?

Je remets la nourriture dans le réfrigérateur puis me dirige vers la porte.

"Salut, où vas-tu?"

"Pour tuer ton ex."

Faith traverse la pièce et se plaque contre la porte. «Non. Je ne veux pas de ça. Je ne te l'ai pas dit pour que tu puisses avoir pitié de moi ou me venger.

"Tu as dit que tu voulais te venger."

"Non. J'ai dit que je voulais me venger du sexe. Elle bat des cils. "C'était ma façon de dire que ce n'est pas grave si tu veux coucher avec moi parce que tu as chaud et si je dois perdre ma carte virtuelle, ce devrait être avec quelqu'un qui est impie et peu attrayant. Mais peut-être parce que tu as chaud, tu ne seras pas bon au lit. J'ai entendu dire que des mecs très attirants avaient des pénis minuscules et ne savaient pas comment les faire fonctionner. Elle se tapote la joue du doigt. "Mais ce n'est pas vrai pour toi parce que j'ai vu..." Elle s'interrompt avec une petite toux. Le rose teinte ses joues. "Eh bien, tu sais ce que j'ai vu."

Si elle fait référence au bois dans mon pantalon il y a environ dix minutes, alors oui, je sais de quoi elle parle. Le monstre se réveille déjà à nouveau à sa référence désinvolte. «Je veux toujours le tuer», lui dis-je.

"C'est une très bonne idée, mais il n'en vaut pas la peine."

Je ne l'achète pas. Parce que la rumeur dit que King's est l'endroit où l'on va quand on a des ennuis. L'adresse n'est pas donnée à n'importe qui et c'est toujours aux femmes. On les voit en ville de temps en temps mais ils restent seuls et ne parlent pas beaucoup à personne. Ils restent un certain temps, parfois quelques semaines seulement, puis ils s'en vont. Certains habitants de la ville pensent qu'il dirige un bordel et ce sont tous des prostituées. Certains pensent qu'il prépare des espionnes. Mais je suis presque sûr que c'est une cachette pour les femmes en danger. « Pourquoi cours-tu vers King alors ? »

Chapitre 6

Foi

« Quel est ton problème avec ce type King ? » Je le regarde. Ma meilleure amie, Nora, m'a dit que je pouvais faire confiance à King et maintenant je commence à me sentir un peu protectrice envers lui. Je ne comprends pas pourquoi ce grand bûcheron pose toutes ces questions. La seule chose que je sais, c'est qu'il a une cabane et qu'il était plus qu'heureux de me la louer. En fait, King m'avait dit que si je n'avais pas l'argent, je pourrais quand même venir. J'avais insisté pour payer ma place parce qu'en ce moment, j'ai l'argent. Cela ne me semblait pas bien de ne pas payer alors que j'en avais les moyens. Je n'ai jamais rencontré cet homme mais je dois espérer que ses intentions sont bonnes.

« Vous n'avez pas besoin de King. Je peux résoudre n'importe quel problème que vous rencontrez. Il coupe. Il croise les bras sur sa large poitrine. Chaque fois qu'il fait ça, j'ai des picotements à l'intérieur. Mon Dieu. Il est beau. Un seul regard sur lui me fait oublier tout ce que je dis ou fais.

"Eh bien, je n'ai pas besoin que tu tues qui que ce soit." Je lève les yeux au ciel. "C'est dégoutant." Du sang et des flics. Un procès pour meurtre. J'adore les bons romans à suspense, mais je ne pense pas que j'apprécierais le vrai livre. Je pose mon doigt sur mes lèvres en réfléchissant. « Mais peut-être que cette histoire de vengeance sexuelle fonctionnera. Nous pourrions prendre de jolies photos ensemble. Nous pourrions faire croire que nous sommes un couple. Alors mon ex me laissera tranquille car il verra que j'ai évolué ! Une fois qu'il aura vu ta taille... » Je passe mes yeux sur son corps massif. "Il ne me harcèlera certainement plus." Je me lèche les lèvres. Je n'y peux rien. Je n'ai aucun contrôle sur moi-même avec cet homme. C'est lui qui en a parlé.

Peut-être que cela amènera enfin mon ex à arrêter de faire exploser mon téléphone et de se présenter à des endroits aléatoires où je me trouve. C'est l'une des principales raisons pour lesquelles je suis parti.

Il commençait vraiment à me faire flipper. Je ne comprends pas. Il m'a trompé mais il veut toujours être ensemble ? Pour une raison folle, c'est moi qui me sens mal parce que je pense que ma demi-soeur est amoureuse de lui. Comme je l'ai déjà dit, rien de tout cela n'a de sens, donc le plus simple était pour moi de partir.

« Quel genre de pulls de Noël avez-vous ? Je pense que notre photo serait si mignonne si nous étions identiques. Bear et Smittens auront également besoin de quelque chose. Je suis sur le point de recommencer à parler mais avant de savoir ce qui se passe, sa bouche se pose sur la mienne. Ses mains s'enfoncent dans mes cheveux alors qu'il prend ma bouche, en possédant chaque centimètre carré. Je presse mon corps contre le sien, voulant être aussi près de lui que possible. Un petit gémissement s'échappe de mes lèvres, le faisant lâcher ma bouche.

Je suis un peu énervé par tout cela, alors je dis la première chose qui me vient à l'esprit. "Est-ce que c'est un oui au port du pull de Noël ?" J'expire. J'ai l'impression qu'il n'en possède pas. "Je parie que je peux en fabriquer un avec des lumières de Noël et un pull que tu as déjà."

"Qu'est-ce que je vais faire de toi?" Il secoue la tête en me posant à nouveau au sol. Je n'ai même pas remarqué qu'il était venu me chercher quand il m'avait embrassé. Mes lèvres picotent encore. Qu'est-ce que ce serait s'il m'embrassait ailleurs avec cette bouche ? Ce n'est peut-être pas grave s'il est mauvais au lit avec une bouche comme celle-là.

« Écoutez-moi simplement. Je sais que ça paraît fou mais je pense vraiment que je peux faire un pull avec des lumières de Noël. Je veux dire, tu devras rester branché sur une prise mais c'est juste pour les photos. Je me lèche les lèvres pour avoir un autre avant-goût de lui. Je ne pensais pas qu'il aurait un goût si sucré, mais c'est le cas.

"Avez-vous des cookies?" Je demande, pensant que je goûte au chocolat. Mon estomac grogne, je ne me souviens plus de la dernière fois que j'ai mangé. C'est une de mes mauvaises habitudes. Soit je mange tout ce qui est en vue, soit j'oublie de manger du tout. Nora dit que je suis du genre tout ou rien. Je pense qu'elle a raison. Elle l'est normalement. Le visage de Conn redevient soudain celui grincheux qui ne devrait pas m'attirer, mais je le suis. Il est maussade, c'est sûr. Peut-être qu'il a besoin d'un peu de ce que je lui avais proposé plus tôt.

"Je suis sûr que je-"

"Oh, je dois utiliser ton téléphone!" Je me rends compte que je dois faire savoir à Nora que je vais bien. Je me précipite autour de lui mais je ne suis pas assez rapide. Son bras s'enroule autour de ma taille et me soulève du sol. L'ours laisse échapper un aboiement. Je regarde dans sa direction et Smittens le frappe, lui faisant savoir de le faire tomber. Il retombe au sol et elle rampe sur lui, le remettant à sa place.

"Vous ne l'appelez pas."

"Bien sûr, je n'appelle pas mon ex." Je me tortille dans sa prise, appréciant d'être dans ses bras. Dans le passé, lorsque mon ex essayait de se rapprocher de moi, je m'éloignais. Avec Conn, je découvre que je veux m'accrocher à lui. Peut-être même lui grimper comme un arbre. Plus je peux être proche, mieux c'est.

"Roi." Il grogne à moitié. Cela pourrait être un grognement ou cela pourrait être la façon dont il parle en général. Je n'en suis pas sûr car je ne le connais pas depuis assez longtemps pour faire la différence. "Je vais l'appeler."

"Ooookay", je dis parce qu'il peut appeler King autant qu'il veut. Ils ont clairement une histoire ou quelque chose du genre. «Je dois appeler Nora. Puis-je l'appeler d'abord ? Il se dirige vers la cuisine et me pose sur le comptoir. Il ne recule cependant pas. Il prend le téléphone et me le tend.

"Qui est Nora?"

"Tu es plutôt curieux", je fais remarquer. Si Nora était là, elle dirait quelque chose à propos des maisons de verre, mais ce n'est pas le cas pour que je puisse le dire sans problème.

"Je ne suis pas curieux." Ses sourcils se froncèrent alors qu'il y pensait. Il se rend probablement compte qu'il est un peu curieux. Du moins quand il s'agit de moi. "Votre chat intimide mon chien."

Je renifle parce que sa défense est boiteuse. "Mignon, n'est-ce pas ?" Dis-je en commençant à appeler Nora pour lui faire savoir que je n'arriverai pas à King's. Pour ce soir au moins. C'est alors que je me souviens que je ne connais pas son numéro par hasard. Je vais devoir le récupérer depuis mon téléphone portable. J'ai d'autres projets à accomplir.

Qui a dit que la vengeance se mangeait froide ? Je pense qu'il est préférable de le servir avec du Conn chaud sur moi.

Chapitre 7

Connecticut

Je vérifie l'identification de l'appelant sur le téléphone et confirme mon premier soupçon. C'est le roi qui a appelé pour savoir où se trouvait sa brebis perdue. Il répond au téléphone dès la première sonnerie. « Pourquoi même avoir un téléphone si vous n'allez pas y répondre ? »

"Il est venu avec la maison."

Le silence m'accueille, puis une longue voix traînante et fatiguée. "Bien sûr que oui."

« Avez-vous appelé pour parler de décoration intérieure ou d'autre chose ? »

"Qu'en penses-tu?" Il n'est pas nécessaire de répondre, donc je ne le fais pas, ce qui amène King à pousser un soupir exaspéré. « J'ai entendu dire que tu étais allé en ville aujourd'hui. J'attendais un invité mais celui-ci n'est pas arrivé. Quand je suis sorti pour chercher la personne, les traces sont descendues dans votre allée. Plutôt que de faire irruption sur votre propriété et de me retrouver avec un fusil de chasse au visage, j'ai pensé que j'appellerais en premier.

"Elle est là." Faith a sorti son téléphone pour appeler son amie mais a été distraite par les animaux. Elle est accroupie à côté d'eux, serrant Smittens contre sa poitrine et caressant Bear derrière les oreilles.

"Super. Je vais envoyer quelqu'un.

"Non." Cette fois, je reçois le traitement silencieux. "Elle va bien ici", j'explique mais ce n'est pas suffisant. King en veut plus.

"Le problème, c'est que ce n'est pas vraiment toi qui décide si elle va bien."

"Toi non plus."

"Super. Nous avons tous les deux établi l'indépendance de Faith, donc je vais envoyer une voiture et tu vas la laisser partir.

Lorsque vous essayez de lui retirer le jouet de Bear, il s'accroupit, montre les dents et laisse échapper un grognement qui pourrait effrayer un vrai grizzli. Ce même bruit possessif résonne dans mon corps. «Je le ferai, je le ferai», j'aboie et raccroche le téléphone.

"Qui était-ce?" » demande Faith en penchant sa jolie tête sur le côté.

Je refoule ma colère et ma jalousie là où elle ne peut pas les voir et me dirige vers le réfrigérateur. "Roi. Il est content que tu ailles bien. Je sors deux steaks et les pose sur le comptoir. « Tu manges de la viande ou tu es végétarien ? »

"La viande est bonne." Elle se relève. "Qu'est-ce que tu fais?"

"Steak. Patates. J'ai une tarte à la boulangerie.

"Mmmm. Ça a l'air délicieux. Laisse-moi récupérer mon sac à main.

J'attrape son poignet avant qu'elle ne puisse s'enfuir. "Pourquoi?"

"Pour la nourriture, bien sûr."

Je fronce les sourcils. "Qu'est-ce que tu dis?"

«Je vais te chercher de l'argent pour le dîner», dit-elle en faisant glisser les syllabes. «C'est comme ça que ça marche chez King. Vous payez votre nourriture et votre logement soit en argent, soit en travail. Elle doit apercevoir mon expression tonitruante car elle agite sa main devant mon visage. "Pas ce genre de travail, mais comme jardiner, cuisiner et tout ça."

À peine apaisé, je me retourne vers le steak. Je débballe la viande et commence à la saler. "On dirait que King a une arnaque là-bas." Il a de jolies filles qui viennent tout le temps et elles font le ménage pour lui ? Dormir dans ses lits ? La foi ne va jamais là-bas. Je frappe si fort la poivrière sur le comptoir que Faith sursaute, Bear aboie et Smittens hurle de mécontentement. Ils me regardent tous comme si j'étais fou. Je lâche la poivrière, mais je dois ensuite me précipiter dessus lorsque les grains de poivre commencent à tomber du côté craquelé.

«Je pense que je vais appeler Nora maintenant», dit-elle.

"Ouais," dis-je.

Elle regarde la poivrière endommagée et secoue un tout petit peu la tête avant de se diriger vers la cheminée. Les deux animaux me regardent avec déception.

"Aucun de vous ne veut qu'elle aille chez King's," je grogne. Les deux continuent de me regarder pendant que j'allume la cuisinière à gaz. Pendant que la poêle chauffe, j'enfonce ma fourchette dans quelques pommes de terre.

"Oui je vais bien. Non, je ne suis jamais arrivé à King's. J'avais tellement envie de faire pipi et j'avais peur que si je sortais, ça gèle. N'oubliez pas que nous avons lu quelque chose à ce sujet une fois.

La voix de Faith dérive comme si elle se tenait à côté de moi. Je lève les yeux, m'attendant à la voir de l'autre côté de l'île, mais elle est toujours plantée à côté de la cheminée. Je suppose que l'acoustique de cette pièce est vraiment bonne. Je ne le saurais pas parce que je vis seul. La bonne chose à faire serait de la prévenir.

"Non. Je ne vais pas chez King. J'ai trouvé un autre endroit. C'est un bûcheron. Oh, je ne sais pas s'il fait ça pour gagner sa vie, mais il coupe du bois et il est costaud et sexy. Je pense qu'il pourrait me soulever d'une seule main.

Je pourrais la prévenir, mais je ne le fais pas.

« Je vais le séduire. Il est tellement sexy, Nora. Je sais juste qu'il est le bon choix pour me faire éclater la cerise. Pourquoi devrais-je le garder encore ? Ce n'est pas comme si j'allais me marier. Le mariage est pour les imbéciles. Je veux m'amuser. Cela va être amusant. D'accord, oui, j'ai entendu dire que ça faisait mal, mais c'est juste une fois et puis c'est génial. Cela doit être le cas, car sinon, pourquoi quelqu'un resterait-il avec quelqu'un si le sexe n'est pas bon ? Sinon, pourquoi Trish serait-elle avec mon ex ? Ce n'est pas comme s'il était intéressant ou même très attirant, donc elle doit aimer ce qu'il peut faire au lit, n'est-ce pas ? »

D'accord, ça suffit d'écouter. Je me racle la gorge. « Le dîner est prêt », je boum.

« Juste une minute ! Je dois y aller, Nora. Je t'enverrai un message plus tard. Faith empoche le téléphone et se dépêche d'arriver. "Désolé. Je voulais t'aider.

"J'ai compris." J'assiette la viande et la porte à table. Elle sourit joliment. Est-ce que cela fait partie de la séduction ? Si c'est le cas, ça marche. Je suis prêt à la jeter sur la table. Les assiettes me semblent lourdes dans les mains. Je serre fermement les bords. C'est difficile de croire qu'une fille aussi jolie veuille coucher avec moi. Une partie de moi a l'impression d'avoir imaginé ça, mais je l'ai entendue. Elle l'a mentionné à plusieurs reprises. Je devrais carrément lui demander. Si elle refuse, tant pis. Elle ne va toujours pas chez King. "Alors... Faith—"

Elle cligne des yeux comme une innocente. "Oui?"

J'ai hâte de la dévorer. « À propos du sexe. Tu le veux vraiment, hein ?

Elle rougit mais ses yeux ne quittent pas les miens. "Ouais. Je fais."

Je jette les assiettes sur la table. "S'asseoir. Manger."

Un pli gâche son front parfait. "Mais... le sexe."

« Le dîner d'abord. La vengeance sexuelle vient ensuite. Elle le veut et qui suis-je pour lui dire non ?

Chapitre 8

Foi

Je gémis en prenant une bouchée du steak. Conn le scie si fort que je pense qu'il va couper l'assiette. "Tu n'as pas besoin de couteau, c'est si tendre", lui dis-je. Il fond dans ma bouche comme du beurre. Il ne semble pas s'en soucier car il continue de scier son morceau de viande. "Je ne partirai jamais si tu me nourris comme ça." Je prends une autre bouchée géante de mon steak. Je sais déjà que je mange trop et que j'ai mal au ventre mais je ne peux pas m'en empêcher. Je n'ai pas mangé un bon repas comme celui-ci depuis longtemps et j'ai l'intention d'en manger chaque morceau.

"Tu devrais manger plus." Il coupe un morceau de son steak et le dépose dans mon assiette. Je ne suis même pas encore à la moitié du mien.

"Je mange assez." Je prends une autre bouchée du steak qu'il a déposé dans mon assiette. Je suis sûr que je ne le rendrai pas. Je vais être radin pour une fois. Je n'arrive jamais à être comme ça. J'ai appris cela en grandissant avec des demi-frères et sœurs. Je tombais toujours en queue de peloton lorsqu'il s'agissait d'obtenir quelque chose. Alors aujourd'hui, je vais vivre ça. Je vais manger tout ce steak et j'espère ensuite prendre une bouchée de Conn. Je me lèche les lèvres en pensant à le mordre. Pourquoi cela semble-t-il si attrayant ? Je pense que j'ai lu trop de romans de vampires ou quelque chose du genre. Je veux dire, je ne le mordrais pas vraiment, je lui ferais juste une petite morsure. De quoi lui laisser une petite trace.

"Ça n'en a pas l'air." Il se penche un peu pour mieux me voir. Je suis perché sur une chaise alors que j'essaie de terminer mon dîner.

"Je pensais que tu aimais ce que tu avais vu." Mes yeux tentent de se tourner vers l'érection qu'il essaie de cacher. C'est sous la table donc je ne peux pas mieux voir. C'est probablement pour le mieux, car chaque fois que j'y jette un coup d'œil, je commence à m'inquiéter de la façon dont cela va s'intégrer en moi. J'espère que Conn me le démontrera très bientôt. Même si c'est un peu effrayant, ça devrait marcher. Je pense. « Vous pensez que je suis petit parce que je suis petit. Tu devrais voir ma demi-soeur Trish. Maintenant, elle est petite. Je ne pense pas pouvoir mettre une jambe dans son pantalon. Je continue à parler de ceci ou de cela jusqu'à ce que Conn se retire de la table.

"Je vais vous montrer à quel point j'aime ce que je vois." Il se tient debout. « Nous allons devoir sauter le dessert. J'ai besoin d'un morceau de toi maintenant. Il doit voir mon visage tomber car il s'arrête net. Il essaie de garder son calme mais il respire un peu plus vite maintenant. C'est difficile de croire à quel point il me veut. Avec mon ex, il faisait tellement chaud et froid. Je suppose que Conn a aussi chaud et froid, mais plus encore avec son caractère grincheux. Pas tellement avec son envie de le faire.

"À moins que ce ne soit pas ce que tu veux."

Je me lèche les lèvres, voulant ce qu'il propose mais aussi la tarte qu'il m'a promise. Pourquoi ne puis-je pas avoir les deux ? Nous avons toute la nuit. Je le regarde. L'homme est massif. Peut-être devrais-je m'inquiéter un peu plus de la manière dont nous allons nous intégrer. Comparé à lui, je suis petit.

"Tu m'as promis une tarte."

Conn se dirige vers moi. Lorsqu'il arrive vers moi, il se penche pour que son visage ne soit qu'à quelques centimètres du mien. Il commence à dire quelque chose mais s'arrête îmmédiatement. Il se dirige vers l'endroit où Bear et Smittens sont blottis et il place ses mains sur les oreilles de Smittens.

"Tu m'as offert un morceau de ta tarte il y a des heures et j'ai l'intention de m'en régaler jusqu'à ce que tu me crèves la bouche.

Ensuite, j'ai l'intention de te baiser jusqu'à ce que tu cries mon nom encore et encore. Smittens ronronne sous ses mains massives. Je reste là, sous le choc, pendant un moment. La nervosité qui s'était formée en moi disparaît. À la réflexion, je pourrai manger la tarte plus tard.

"D'accord", je suis d'accord mais je ne bouge pas. Je ne sais pas quoi faire ensuite pour lui offrir ma tarte ? J'aurais dû demander à Nora. Je n'ai pas le temps d'y réfléchir avant que Conn ne bouge et me soulève de ma chaise pour me porter dans le couloir. Il me jette sur un lit immense.

"Cette chose est géante." Je me tortille dessus et commence à m'asseoir. C'est confortable aussi. Je ne vais pas loin pour explorer le lit ou quoi que ce soit d'autre parce que Conn passe sa chemise par-dessus sa tête, révélant sa poitrine massive. J'en ai l'eau à la bouche à cette vue. Ouais, c'est vraiment un bûcheron. C'est un homme solide avec des muscles que je ne pense pas avoir jamais vu auparavant.

"Ouah." Je ne peux pas arrêter de le regarder. Mes yeux remontent sa poitrine pour rencontrer son regard. « Je n'ai pas l'air très bien nue. Je mets juste ça là-bas. Je ne pense pas qu'il ait une once de graisse corporelle. Le coin de sa bouche se redresse en un petit sourire.

"J'en doute fortement." Ses yeux me parcourent. "Si tu aimes ce pull, tu ferais mieux de l'enlever."

"J'adore ce pull." Rapidement, je le passe par-dessus ma tête et le jette. Il ferait chaud s'il l'arrachait de mon corps et tout ce qu'il avait prévu de faire, mais ce n'est pas un pull normal. C'est mon pull de Noël préféré.

Je laisse échapper un petit cri avant de retomber sur le lit alors qu'il descend mon pantalon le long de mes jambes, le jetant par-dessus son épaule. Je le regarde à nouveau. Il est déjà entre mes jambes. Il les porte sur ses épaules et se lèche les lèvres comme s'il mourait de faim.

"Cela se produit." Je le regarde avec de grands yeux. "Soutien-gorge, ange. Perdez le soutien-gorge.

J'acquiesce, faisant ce qu'il me dit. Son souffle chaud souffle contre moi alors qu'il dépose un doux baiser à l'intérieur de chacune de mes cuisses. Je me détends devant la douceur de l'acte. Ses doigts s'enfoncent dans mes cuisses alors qu'il écarte mes jambes plus largement pour se faire plus de place alors qu'il regarde entre mes jambes.

«Je ne savais pas que cela arriverait. J'aurais dû me raser ou je ne sais pas. Que font les gens normalement ? Être toute nue et tout raser ? J'aurais peut-être dû avoir une de ces pistes d'atterrissage. Sa bouche s'abat sur moi. Je perds toute pensée sur mes divagations alors que ma tête retombe sur le lit.

"Putain, c'est parfait comme ça", dit-il contre moi. Sa langue fait le tour de mon clitoris. Mes hanches essaient de se détacher du lit mais ses mains serrent plus fort mes cuisses alors qu'il me laisse le faire mais contrôle mon action. Il me guide vers sa bouche pendant qu'il y aspire mon clitoris. Mon corps tout entier bourdonne alors qu'il me procure le plus grand plaisir que j'ai jamais connu.

« Je vais... à... à... » Je ne trouve pas les mots. Je suis si proche. Mes yeux se ferment étroitement.

« Viens, mon ange », répond-il à ma place. Je fais. Je crie son nom alors que l'orgasme me prend. Mon corps tout entier essaie de se détacher du lit. Un sentiment comme je n'ai jamais ressenti auparavant m'envahit. C'est trop difficile à supporter. Je garde les yeux bien fermés pendant que j'essaie de reprendre mon souffle. Tant de sentiments tentent de m'échapper. Je ne sais pas quoi faire de tous. Je ne sais même pas d'où ils viennent.

Encore une fois, Conn embrasse chacune de mes cuisses avant que je le sente bouger. Il me soulève et me déplace au centre du lit. Ma tête repose sur un oreiller tandis qu'il dépose des baisers très doucement dans mon cou. J'ai poussé un petit soupir. Mon corps picote encore. J'en veux plus mais le sommeil me prend. Je sauterai le dessert à chaque fois pour ça.

Chapitre 9

L'idéal serait que nos corps soient enveloppés sous ma couette, nos pieds écrasés sous le poids de Bear et Smittens, pendant que j'attends que ma copine se réveille complètement et que je me débrouille avec elle avant qu'elle ne s'évanouisse. moi encore. Mais quelqu'un de l'extérieur a une opinion différente. Un martèlement incessant résonne dans le couloir.

"Avez-vous oublié de payer une facture?" Les jolies rides du nez de Faith. "Parce que cela ressemble à un collecteur de factures."

Je retire mes jambes de dessous un ours mécontent et me lève du lit. Sur une chaise à proximité se trouve un pantalon de survêtement que je ramasse d'une main. "C'est King", dis-je en m'habillant. Après qu'elle se soit évanouie, j'ai enlevé mes vêtements et j'ai rampé dans le lit avec elle. Je n'allais pas la réveiller pour pouvoir mouiller ma bite. Autant que je le voulais. Elle était fatiguée et avait besoin de repos. Je pourrais attendre. Son goût dans ma bouche était suffisant pour me retenir pour le moment.

Elle se redresse, serrant la couette contre sa très belle poitrine. "Pourquoi? Lui dois-tu de l'argent ? Parce que je peux m'en sortir. Elle fléchit un muscle biceps inexistant. "Je suis très bricoleur."

"Non et non." Elle ne s'approchera pas de King.

J'enfile une chemise par-dessus ma tête et claque des doigts en direction de Bear. "Viens." À Faith, je dis : « Reste ici ».

Bear saute immédiatement du lit. Malheureusement, Faith aussi. "Non, si c'est King, je devrais être là car il m'attendait." Elle regarde autour d'elle. "Où sont mes vêtements?"

J'aurais aimé les brûler parce qu'elle devrait alors rester dans la chambre sous la couette. Bien que, alors qu'elle se dandine dans la pièce, enveloppée dans la couverture, je me rends compte qu'il y a une possibilité très réelle qu'elle sorte dans le salon vêtue uniquement de la couverture, avec ses cheveux tout juste baisés et ses lèvres très soigneusement embrassées. afficher. Il devrait être acceptable d'enfermer votre femme dans une salle de la tour. Non pas que j'aie une salle dans la tour, mais je pourrais en construire une. Le fait que je doive la partager avec le reste du monde me semble une erreur. Je vis dans les bois, loin du reste de la civilisation, pour une bonne raison : c'est parce que je n'aime pas les gens. La foi ne devrait pas non plus aimer les gens. Elle ne devrait aimer que moi, Bear et Smittens. Nous sommes les seuls dont elle a besoin. Je n'ai pas beaucoup réfléchi à ce que cela signifie, mais j'ai l'impression que c'est vrai.

Dès que King la verra, il la voudra. Je sais qu'elle a cet effet sur les gens. En fait, en la gardant pour moi, je rends probablement service au reste du monde.

"Tu devrais rester ici. Cela pourrait être dangereux là-bas, je préviens.

Ses yeux s'écarquillent. "Vraiment? Alors je ne pense pas non plus que tu devrais y aller seul. As-tu une batte de baseball par ici ? Je ne peux pas croire que King soit dangereux. Mais j'aurais dû le savoir, car quel type honnête vous offre le gîte et le couvert gratuitement en échange de quelques biscuits ? » marmonne-t-elle dans sa barbe alors qu'elle cherche une arme dans la pièce. Pendant ce temps, les coups continuent.

Je prends quelques vêtements sur la commode et les jette sur le lit. « Si tu sors, habille-toi. Et oubliez la chauve-souris. King est dangereux mais pas dans cette situation.

Je pars avant qu'elle ne laisse tomber la couverture parce que je sais que si je la vois nue, l'homme à ma porte d'entrée essaiera d'y enfoncer son poing. Il pourrait aussi réussir. Bear me devance jusqu'à l'entrée et se met à aboyer. Entre les coups et les hurlements, on dirait un foutu cirque ici. J'ouvre brusquement la porte.

« Cela vous a pris assez de temps », lance mon voisin d'un air renfrogné. Il me pousse à l'écart et entraîne une femme avec lui. Ils se ressemblent un peu.

"Qui est-ce?" Je regarde l'étranger.

«Je suis la femme flic», dit la femme avec un sourire narquois.

"Ce n'est pas une flic", l'interrompt King.

"Droite. Je fais semblant d'en être un.

Je regarde la femme, King et vice-versa. "Répète."

Elle soupire, un soupir profond et lourd. « Pouvons-nous sauter les présentations et passer aux choses sérieuses ? Il est plus que temps de me coucher. Je devrais être en train de dormir en ce moment, mais à la place, j'ai dû rester dehors pendant dix heures pendant que cet obstiné essayait de défoncer votre porte. Je lui ai dit que cela n'arriverait pas et qu'il devrait t'appeler, mais il a dit que tu l'ignorerais.

"Je voudrais."

La femme lève les yeux au ciel. "Hommes. Dieu, et tu te demandes pourquoi nous te fuyons tous. Écoute, tu as une fille ici ou pas ?

"Il ferait mieux de ne pas le faire", dit Faith. « Je suis la seule femme dans cette maison. Enfin, sauf pour Smittens.

Nous nous retournons pour voir ma femme serrer mon pantalon de survêtement trop grand à sa taille. Le petit chat est assis aux pieds de Faith, léchant une patte. Le sweat-shirt qui me va très bien tombe de son épaule. L'ours grogne et moi aussi. La femme devant moi lève la main devant les yeux de King. « Retourne-toi », ordonne-t-elle.

À ma grande surprise, il fait ce qu'elle dit. La femme se précipite vers Faith. « Je ne croyais pas vraiment que tu étais là. Êtes-vous d'accord?" Elle remonte le sweat-shirt pour que l'épaule nue de Faith soit couverte. «Je suis là pour te sortir d'ici. King a un pick-up et un fusil de chasse. Aucun bûcheron ne peut vous garder ici. La femme m'envoie un regard furieux qui fait gémir Bear.

La foi échappe à la femme. "Je ne vais nulpart. Je veux dire, si je dois quelque chose à King pour m'avoir réservé une chambre, bien sûr, je le paierai. Pas dans la nourriture, cependant, parce que je ne sais pas cuisiner mais je pourrais venir... »

"Non." Le mot jaillit de moi, faisant se retourner King. Bear se met à aboyer violemment à mon éclat.

« Je reste quand même. Vous ne pouvez pas me faire partir. Faith glisse à mes côtés.

Smittens saute sur le dos de Bear et siffle après King.

"Je pense que tu es en infériorité numérique", lui dis-je.

Il pousse un soupir exaspéré. "Je suis là pour m'assurer que tu vas bien", dit-il à Faith. "Si vous aviez répondu à votre téléphone, je n'aurais pas eu à vous interrompre."

"J'étais occupée", dit Faith avec les joues roses.

Nous savons tous ce qu'elle faisait. Nous tous, sauf la femme que King a amenée, dont les sourcils se froissent. Plus je les regarde tous les deux, je pense qu'ils pourraient être liés. "Faire quoi?"

"Je pense que nous devrions y aller", dit King en tendant la main pour éloigner la femme par son coude.

"Pourquoi? Tu m'as tiré hors du lit parce que tu disais que tu avais besoin qu'une femme vienne avec toi pour t'assurer qu'une autre fille était en sécurité. Vous n'avez pas encore déterminé si elle est en sécurité. Es-tu en sécurité?" demande-t-elle à Faith.

"Ouais."

« Allons-y », répète King en tirant à nouveau. « Désolé pour l'interruption. Peut-être que la prochaine fois, ne raccroche pas. Le nombre d'invités indésirables à votre porte diminuera.

"Je m'en souviendrai."

"Mais tu ne répondras pas au téléphone, n'est-ce pas ?"

"Je le ferai, cependant," gazouille Faith.

«Si vous avez besoin de moi, appelez», crie la femme pendant que King l'emmène. "Je peux venir te chercher."

"Avec quelles roues ?" Tétras royaux.

"Le vôtre, bien sûr."

La porte se ferme et Bear arrête enfin d'aboyer. Faith se tourne vers moi avec des yeux brillants. "Je l'aime bien. Je peux certainement voir que nous serons amis. Puisque nous sommes debout, que diriez-vous du deuxième tour ?

Chapitre 10

Foi

Conn se lèche les lèvres. Je sais que je me suis évanoui mais nous avons tout le temps du monde. Il ne semble pas trop occupé. Je suppose qu'en tant que bûcheron, vous pouvez faire du jack quand vous le souhaitez. Même s'il n'a toujours pas confirmé ce qu'il fait. Il a des trucs sophistiqués par ici. Je ne pensais pas que le bûcheron payait aussi bien, mais que sais-je de la coupe de bois ? Ce truc de plein air n'est pas vraiment mon truc, mais après avoir vu Conn, je devrai peut-être m'y plonger davantage. Peut-être qu'il m'emmènera faire du glamping. Ce serait tellement amusant. Il faudra probablement attendre des températures plus clémentes. Même si, compte tenu de la taille de Conn, je suis presque sûr qu'il n'aurait aucun problème à me garder au chaud.

Mon corps s'échauffe en pensant à la façon dont il avait l'air de me manger encore et encore. Comment ses larges épaules laissaient mes jambes largement ouvertes pour lui faire de la place. Depuis le moment où je me suis réveillé, la seule chose à laquelle je pouvais penser était la façon dont son corps se sentirait au-dessus du mien alors qu'il s'installerait sur moi et me prendrait. S'il est à moitié aussi bon avec son bois qu'avec sa langue, alors je vais me régaler. J'espère que cette fois je ne m'évanouirai pas. Smittens fait le tour de mes jambes, laissant échapper un petit miaulement et je sais qu'elle a faim. Je mets mes pensées remplies de désir en veilleuse.

"Laissez-moi la nourrir et nous aurons un deuxième tour." Je remue mes sourcils. "Peut-être que nous pourrons aller jusqu'au bout cette fois-ci." Ma cerise est encore intacte. Nous devons aussi prendre des photos et avoir la tarte qu'il a promise. Je lui ai donné ma tarte et maintenant c'est son tour. Conn s'éclaircit la gorge, me sortant de toutes mes pensées omniprésentes. Quand je lève les yeux, il lèche ces lèvres qui m'ont apporté tant de plaisir et à ce moment-là, je décide d'oublier à nouveau la tarte. Qui diable a besoin de tarte quand Conn a tellement meilleur goût ? Je regarde autour de moi pour voir où se trouve le sac dans lequel j'ai emballé la nourriture de Smittens.

"Oh mon Dieu." Je mets mes mains sur mon visage. "Je suis tellement Gené."

"Pourquoi?" Conn aboie. J'écarte deux doigts pour pouvoir le regarder d'un seul œil. Il refait ce truc de bras croisés sur sa poitrine. « King sait que tu restes ici. Je suis presque sûr qu'il sait que je te baise. Je retire ma main de mon visage.

"Tu n'es pas obligé de l'appeler" - je pince les lèvres - "putain", dis-je finalement.

"Je ne t'ai pas baisé", souligne-t-il.

"Arrête de l'appeler comme ça!" Je crie à moitié.

"Arrêtez d'être gêné que les gens pensent que nous avons couché ensemble." Sa mâchoire se serre si fort que j'ai peur qu'il puisse se casser une dent ou quelque chose du genre.

"Ce n'est pas pour ça que je suis gêné, espèce de gros connard grincheux." Je me dirige vers l'un de mes sacs qu'il avait laissé tomber lorsqu'il avait ramené toutes mes affaires à l'intérieur. « J'ai déjà dit que nous faisions de jolies photos à publier pour que mon ex comprenne le message. Je pense que cela implique que nous dormons ensemble. J'ouvre le sac qui pèse plus que moi et commence à sortir des affaires.

"Alors quel est le problème?" Il laisse tomber ses bras sur sa poitrine. "Je déteste quand tu parles de ton ex." Ses mains se serrent en un poing.

"A part toi, tu dis que tu veux juste me baiser." Je me lève et me tourne pour le regarder poser mes mains sur mes hanches. Bear se laisse tomber à côté de moi, clairement de mon côté. Smittens essaie d'attaquer la queue qui se balance de Bear, nous ignorant tous. Je ne sais pas pourquoi mais je n'aime pas qu'il appelle ça comme ça. Je suppose que ça pourrait être chaud si nous étions en couple ou quelque chose du genre, mais en ce moment, avec ma virginité toujours intacte, ça ne me semble pas bien.

"Je ne veux pas seulement te baiser." Ses yeux me parcourent. Je sais que j'ai toujours l'air en désordre. J'ai regardé dans cette direction depuis que j'ai atterri dans son allée. Pourtant, chaque fois que Conn me regarde, il me donne l'impression d'être une pin-up super sexy ou quelque chose du genre. «Je veux te posséder. Pour que tu ne veuilles jamais de quelqu'un d'autre que moi.

"Je ne sais même pas si c'est légal." Je hausse les épaules. Je ne suis pas sûr d'être contre qu'il me possède.

"Ouais, je ne suis pas sûr que je me soucie de la légalité."

« Tu veux me garder ? Comme pour toujours ? J'essaie de clarifier, ayant besoin de savoir que je le comprends bien. Cela devrait me faire courir, mais ce n'est pas le cas. Cela devrait aussi me rendre encore plus en colère que ces putains de commentaires, mais ce n'est pas le cas. Non, cela a l'effet inverse. Cela éclaire quelque chose de plus profond en moi, me faisant réaliser que je le veux aussi. Ce qui est fou, car je ne connais pas cet homme. Eh bien, je sais quelques choses. La première étant qu'il est beau. En fait, il est très beau, encore plus quand il est grincheux. Il peut cuisiner un steak méchant et a une bouche qui pourrait facilement me garder dans son lit pour toujours.

"Pourquoi ne me dis-tu pas pourquoi tu es gêné?"

« Changeant de sujet, je vois. »

"Tu l'as fait en premier." Touché. Le coin de sa bouche se dessine en un petit sourire. J'aime vraiment sa bouche.

"Je suis gêné parce que nous avons reçu des invités et que nous regardons cet endroit." Je fais signe à toutes mes affaires qui traînent partout, puis au reste de sa maison, qui est impeccable. «Aucun des trucs de Noël n'est sorti. Je parie qu'ils pensent que nous détestons Noël. Qui déteste Noël ?

"Moi."

"Conn, tu retires ça tout de suite", j'exige. Il renverse la tête et éclate de rire. Je ne peux m'empêcher de sourire parce qu'il est plus que beau quand il rit.

"J'apprécie ton pull de Noël lumineux."

"Il y en a plus d'où ça vient." Je me retourne et retourne à mes sacs. J'avais prévu de décorer l'endroit où King allait me laisser rester, mais maintenant je pense que je vais le faire ici. Conn a déjà apporté toutes mes affaires. Je pense que c'est une invitation suffisante.

"Vas-tu m'aider ?" Je le regarde. Ses yeux sont sur mes fesses.

"Tout ce qui te ramènera plus vite dans mon lit." Il s'approche de moi. "Si cela signifie sortir vos affaires, alors très bien." Sa main frotte mes fesses. Je l'écarte parce qu'il n'y aura pas d'affaires amusantes tant que nous n'aurons pas fini.

"Nous n'en aurons jamais fini si vous faites des choses comme ça."

"Je ne suis pas sûr de pouvoir m'en empêcher."

Je me lève et me tourne vers lui. Je me penche contre lui en penchant la tête en arrière. Il me rencontre à mi-chemin, me donnant un baiser qui me coupe le souffle.

"Je pense que je devrais m'en occuper pendant que tu vas utiliser tes talents de bûcheron pour nous offrir un sapin de Noël", je suggère. Je ne ferai rien s'il me regarde comme il est et se frotte à moi.

"Tu sais que je ne suis pas un bûcheron ?"

"Tu sais que je ne te donnerai pas ma virginité tant que je n'aurai pas mon arbre." Je relève le menton en signe de défi.

"Pas seulement après ta virginité." Il m'embrasse à nouveau. "Mais je vais chercher ton arbre." Il se dirige vers la porte, enfilant ses bottes puis son manteau. "Surveille mes filles, Bear", dit-il au chien. L'ours aboie pour lui faire savoir qu'il est au travail. «Je prends l'arbre parce que je sais qu'il vous rendra heureux», dit-il avant de sortir par la porte d'entrée. Je souris, pensant que j'y suis déjà.

Chapitre 11

Connecticut

Il fait trop froid pour rester dehors longtemps. C'est une bonne chose que je vive dans une forêt. Je trouve l'arbre parfait à environ vingt pieds de la limite des arbres. Les pins ont de petits troncs et en un rien de temps, le bout coupé est saisi par-dessus mon épaule et je retourne à la maison.

«J'ai l'arbre», j'annonce. Jappez plusieurs fois pour souligner.

Faith arrive en courant dans le couloir, des mèches de cheveux dressées. Troublée par mon apparence, elle se tapote la tête et demande : « Déjà ?

J'ai placé l'arbre à l'intérieur de la porte et j'ai enlevé mes bottes. « Trouvez des cadavres ? »

"Non, tu en as?" Ses yeux se tournent vers les coins du grand salon. J'ai remis l'arbre sur mon épaule.

«Non. Je me suis débarrassé du dernier quelques jours avant votre arrivée. Il commençait à empester l'endroit.

Faith me court après. « Pourquoi l'as-tu tué ? Parler pendant le dîner ? Vous brûlez vos crêpes ? Tu touches ta hache ? Le dernier semble définitivement être un délit meurtrier. Je parie que ta hache te va parfaitement parce que tu la manipules depuis si longtemps.

Je laisse tomber l'arbre au milieu de la pièce pour pouvoir fouiller son visage. Ne sait-elle pas à quel point cela semble sexy ? "Tu veux décorer un arbre ou tu veux baiser ?"

Son nez se plisse à nouveau. "Je pensais que nous étions convenus que vous n'utiliseriez pas le mot f."

J'hésite et j'essaie de trouver un mot différent. "Veux-tu décorer le sapin ou veux-tu que je te possède ?"

Sa langue sort à nouveau, mouillant le bas de sa lèvre. Ah, baise-moi, elle le veut. Je sais qu'elle le fait, mais pour une raison quelconque, elle n'est pas prête, donc c'est l'arbre.

"Où veux-tu l'arbre ?"

"Peut-être à gauche de la cheminée pour que nous puissions nous asseoir près du feu et regarder votre terrasse." Elle montre le coin.

Je le transporte là-bas et je l'appuie contre le mur. «Attends ici», lui dis-je. Dans le garage, je récupère de la corde, quelques sacs poubelles et un sac plein de sable.

Elle me regarde avec une grande curiosité. "C'est ton truc d'homme mort ?"

Avec tout cela étalé sur le sol, je comprends pourquoi elle a des soupçons. «Non. J'utilise de l'acide pour me débarrasser des corps. Plus efficace de cette façon. Le sable sert à adhérer à la neige et on n'a jamais trop de cordes ici. » Je hausse un sourcil en direction de ses poignets. "Ils sont utiles dans de nombreuses situations."

Elle met ses mains derrière son dos. "J'ai la peau très délicate."

Cette fois, c'est moi qui me lèche les lèvres. "Je sais," dis-je avec un sourire narquois.

"Eh bien", dit-elle en s'occupant des fournitures que j'ai apportées. "A quoi ça sert sinon pour se débarrasser du corps ?"

"Je n'ai pas de support pour arbre de Noël, même si je soupçonne que vous l'avez compris en cherchant des ornements et autres, je vais donc mettre du sable dans quatre sacs et nous soutiendrons l'arbre de cette façon."

« Pourquoi n'as-tu pas d'ornements ? J'ai regardé partout, y compris sous votre lit, mais vous n'y avez qu'un fusil de chasse que vous auriez dû prendre lorsque vous affrontiez King.

"Pourquoi ?" Je demande en versant du sable dans les sacs qu'elle tient ouverts. "Tu veux que je lui tire dessus ou quelque chose comme ça ?"

"Non, mais et si ce n'était pas King mais un vrai ours ?"

"Je ne pense pas qu'il frapperait à la porte." J'attache les sacs et les attache à la corde.

"Il pourrait chercher de la nourriture et avoir l'impression de frapper."

"C'est vrai. Pouvez-vous maintenir l'arbre près du sommet ? Je dois enrouler la corde autour de la base. Ne vous faites pas de mal, je préviens.

"Je pense que tu as besoin d'un pull spécial", dit-elle alors que je rampe sous les branches de la base. "Cela contribuerait à élever votre esprit de Noël."

"Te regarder me remonte le moral," lui dis-je. Je fouette la corde autour de la base plusieurs fois, puis je tire sur les supports de fortune jusqu'à ce que l'arbre soit stable. Je tire une dernière fois sur la base avant de me lever. "Lâchez prise, mais lentement."

Je garde une main tendue au cas où cela ne fonctionnerait pas, mais heureusement, elle tient debout – aucune base commerciale coûteuse n'est nécessaire.

"Puis-je l'utiliser?" demande-t-elle en brandissant une couverture à carreaux jetée sur le dossier de mon canapé.

"Bien sûr." Elle s'agenouille et le place autour de la base de l'arbre, dissimulant le vilain engin. Elle se lève, époussette ses genoux et revient à mes côtés. L'arbre est suffisamment grand pour remplir l'espace, mais pas au point de submerger la pièce. L'odeur des aiguilles de pin et du bois calciné dans la cheminée nous remplit les poumons.

L'arbre a l'air bien. Très bien, me dis-je. Je me demande pourquoi je n'ai pas planté d'arbre auparavant. Un corps doux se blottit contre moi et me donne la réponse. Parce que je n'avais pas la foi. Elle me laisse la tenir pendant environ deux secondes avant qu'elle ne se libère.

« Allons faire du pop-corn », chante-t-elle en m'entraînant vers la cuisine.

"Pourquoi?"

"Pour les ornements!"

Quatre sacs de pop-corn au micro-ondes plus tard, Faith me demande sur le canapé d'enfiler du pop-corn sur une ficelle. « Tu es plutôt doué avec une aiguille », observe-t-elle en prenant une autre photo. J'essaie de ne pas paraître renfrogné.

"Tu es sûr de vouloir me mettre sur Internet comme preuve que tu passes un bon moment ?"

"Vous n'en avez aucune idée", dit-elle d'un ton étrange, presque impressionné. Elle saute et place l'écran du téléphone devant moi. «Regarde à quel point tu es génial. Je serais jaloux de celui qui a posté cette photo. C'est trop parfait pour être vrai.

Je scrute l'image. Bear se repose à côté de moi, la tête penchée sur le bord du coussin. Smittens est enroulé autour du cou du vieux garçon. Quant à moi, j'ai l'air d'avoir du mal à mettre un noyau de pop-corn sur une ficelle. C'est une photo véridique, mais d'une manière ou d'une autre, elle l'a rendue belle – chaleureuse et invitante.

«Ouais, je suppose que c'est sympa. Comment est-ce que ça va rendre votre ex jaloux ?

« C'est juste moi qui atterris sur mes pieds, je pense. Les ex veulent toujours que tu sois malheureux.

« Voulez-vous que votre ex soit malheureux ? »

Elle arrête de taper et penche la tête sur le côté. "Non. Je suppose que non.

"Est-ce que ça veut dire qu'on peut baiser alors ?"

Chapitre 12

Foi

"Bien." Je me retourne et me dirige vers la chambre. Je poste les photos sur mon Instagram alors que je me dirige vers le couloir. J'ai un moment de regret comme je le fais. Je ne suis pas sûr de vouloir partager mon moment privilégié avec Conn. Ensuite, je me souviens de quoi il s'agit réellement. Je passe le pull géant par-dessus ma tête et le laisse tomber au fur et à mesure. "Pas de tarte pour moi", je coupe. "On va baiser, comme tu aimes le dire." Je laisse tomber mon soutien-gorge ensuite en entrant dans sa chambre.

Je ne sais pas pourquoi je lui en veux autant d'avoir traité ça de putain. Bien sûr, c'est ce qu'il veut faire. Il a fait tout ce que j'ai demandé aujourd'hui. De l'achat du sapin à la décoration et même à la possibilité de prendre quelques photos, je suppose donc que c'est à mon tour de rendre la pareille. En fin de compte, tous les hommes sont pareils lorsqu'il s'agit de vouloir du sexe.

Enfin, tout le monde sauf mon ex, qui n'a jamais voulu l'avoir. C'était jusqu'à ce que notre relation soit terminée et puis tout d'un coup, il a eu envie de baiser. Je ne devrais vraiment pas être en colère contre Conn. C'était presque moi qui lui avais demandé de prendre ma cerise. Je pensais juste que ce serait un peu différent. Je voulais passer un peu de temps à apprendre à le connaître mais comme je l'ai dit, je ne devrais pas être en colère.

C'était le plan depuis le début, alors autant y arriver. Je l'utilise pour publier des photos stupides pour faire croire à tout le monde à la maison que je suis heureux. Que je n'en avais pas besoin pour passer des vacances. Que je pourrais en avoir un tout seul avec quelqu'un d'autre. J'ai toujours planifié celui de notre famille, mais ils ne se sont jamais souciés des efforts que j'y mettais. Ce n'est pas que je veuille les contrarier, mais je veux qu'ils voient pour une fois que je faisais partie de la famille. Peut-être que je leur manquerai maintenant que je ne suis pas là. Je ne sais même pas pourquoi je m'en soucie, mais je le fais.

Une petite étincelle d'espoir s'est allumée en moi lorsque Conn a dit qu'il allait acheter l'arbre parce qu'il savait que cela me rendrait heureux. Cela m'a fait penser que quelqu'un se souciait enfin de ce que je ressentais à propos de quelque chose. Mais maintenant je vois que ce n'est pas du tout ça. Il ne faisait que faire des mouvements pour obtenir ce qu'il voulait. Il s'agit toujours de sexe. Encore une fois, je ne devrais pas être en colère parce que je veux coucher avec Conn mais secrètement, je voulais que ce soit plus. Le peu de temps que j'ai passé avec Conn m'a rendu heureux. Cela ne fait que quelques heures que j'ai rencontré mon bûcheron grincheux, qui n'arrête pas de nier qu'il est même un bûcheron, et je m'attache. Je suis fondamentalement un accro de la cinquième étape à ce stade.

Je baisse ensuite mon pantalon et le laisse tomber par terre. Je remarque que dans la maison impeccable de Conn, j'ai l'impression de faire beaucoup de dégâts. Je me tourne vers la porte mais il n'est pas là.

"Est-ce qu'on baise ou quoi?" Je crie. Pourquoi ne vient-il pas ? Sorti de nulle part, on dirait qu'un foutu ours se précipite dans le couloir.

« Surveillez ce que vous dites », dit-il en entrant dans sa chambre. Il a l'air toujours aussi énervé. Il s'arrête net lorsqu'il me voit debout, complètement nu. Je ne suis pas gêné par mon corps, alors j'ai mis ma main sur ma hanche parce qu'il est sur le point de se faire une idée de moi. Je me tiens là dans toute ma gloire nue alors qu'il me regarde d'un air renfrogné et je lui fais la même chose.

"Alors tu peux dire putain mais je ne peux pas?" Je lève mon autre main et la pose sur mon autre hanche. Il essaie d'être un gentleman et de garder les yeux sur les miens, mais je peux dire que cela lui demande toute sa maîtrise de soi. En fait, je crois voir un petit sourire orner ses lèvres. Il m'a déjà vu nu auparavant. J'étais étendu sur son lit pendant qu'il se régalait de moi.

« N'en parlez pas comme si cela n'avait aucun sens. » Maintenant, c'est lui qui s'énerve à propos du mot putain. Je ne sais pas si mon bûcheron va ou vient. Je ne suis même pas sûr qu'il le sache. Pourquoi ne pouvons-nous pas l'appeler autrement ? Faire l'amour? Je sens mes joues s'échauffer à cause de mes propres pensées.

Il s'approche lentement de moi. Je m'adoucis un peu à mesure qu'il se rapproche. Il s'arrête devant moi, semblant m'inspirer. Mes tétons se contractent et ce n'est pas à cause du froid. Sa présence me fait mouiller entre les cuisses. Sa main se lève pour caresser mon visage. "S'habiller. J'ai entendu dire qu'il y avait des films de Noël à la télévision ce soir.

Ce sont les derniers mots auxquels je m'attendais à sortir de la bouche de ce gros crétin. Je reste choqué pendant une minute avant de baisser les mains et de sauter sur lui. Il m'attrape et m'enveloppe dans ses gros bras. Mon corps épouse le sien comme s'il l'avait fait un million de fois. Je peux sentir son érection à travers son pantalon mais il n'essaye pas d'aller plus loin. Il embrasse doucement ma bouche avant que je glisse sur lui pour me remettre sur pied. Je me mords la lèvre, voulant regarder les films de vacances avec lui et me blottir, mais maintenant que j'étais enroulée autour de lui, je veux aussi retourner dans le lit avec lui.

"Je serai là à t'attendre." Il tend la main vers le lit et attrape le plaid qui se trouve dessus et l'enroule autour de mes épaules. Il se passe quelque chose entre nous que je ne peux pas expliquer avant qu'il ne se retourne pour sortir de la pièce.

"Conn", j'appelle, le faisant se tourner vers moi. « Vous avez une télévision, n'est-ce pas ? » Il sourit cette fois en secouant la tête. "Je vais enfiler mon pyjama de Noël et je sors tout de suite." Je parie que je peux transformer notre visionnage de film en une de ces séances de maquillage torrides que je sais que les gens ont sur le canapé. Ces vacances s'avèrent bien meilleures que ce que j'aurais pu espérer.

Je ne l'obtiendrai peut-être qu'une seule fois, mais je vais en chérir chaque seconde.

Chapitre 13

Les films de Noël ne sont pas si mauvais, décide-je en regardant le petit corps recroquevillé à côté de moi. Faith n'a pas l'air très différente de Smittens pour le moment. La tête de Faith est sur mes genoux et ses jambes sont repliées près de son corps. Son visage a une expression paisible et heureuse. Je suis soulagé. Elle avait l'air énervée avant que je l'emmène voir C'est une vie magnifique et Noël blanc. Le premier l'a fait pleurer mais elle m'a assuré que c'étaient des larmes de joie – quelles qu'elles soient – mais le chant et la danse du deuxième film l'ont fait rire. Elle m'a regardé plusieurs fois au cours de celle-là, mais j'ai refusé de croiser son regard. Je n'ai jamais été aussi gracieuse que les hommes à la télévision et si j'essayais de danser, je finirais par marcher sur ses pieds, sur mes pieds, sur ceux de Bear et peut-être même sur ceux de Smittens. En fin de compte, nous pleurerions tous et ce seraient des larmes tristes et de colère.

Nous avons commencé un troisième film sur un elfe humain. C'était drôle mais à mi-chemin, elle s'est évanouie. Cela pouvait être dû au rhum que je n'arrêtais pas de verser dans son cidre ou simplement à cause de la longue journée. Je me lève et déplace doucement Smittens sur le côté. Elle lève la tête, me lance un miaulement mécontent puis enfouit son nez sous sa queue.

J'essaie d'être très prudent en soulevant Faith et, heureusement, elle ne se réveille pas. La porter est moins fatigant que de transporter le sac de sable. Je vais lui faire des crêpes le matin garnies de fraises et de crème fouettée et beaucoup de beurre. Elle devrait être aussi lourde que deux sacs de sable, à mon avis.

Je l'allonge sur le grand matelas, la couvre et me prépare moi-même à me coucher. Pendant que je me brosse les dents, je pense à tout ça. Faith a dit qu'elle voulait se venger du sexe, mais en fin de compte, elle n'était pas prête. Je me lèche les lèvres, me souvenant de son goût sucré sur ma langue. Être entre ses jambes a été le meilleur moment de ma vie. Je donnerais ma noix gauche pour y retourner. Attends… je sors mon pinceau et je crache. Pourrais-je quand même le relever si je n'avais pas les deux noix ? Laissez-moi réviser. Je donnerais mon bras gauche pour revenir entre ses jambes, lui manger la chatte, boire son sperme. Mais elle veut quelque chose de plus. Ce qu'elle veut est un mystère. C'est peut-être des crêpes. C'est peut-être un autre chaton. C'est peut-être plus des décorations de Noël.

Je claque des doigts. C'est ça. Elle adore Noël. Je déteste ça parce que je ne comprends pas pourquoi nous sommes excités par une journée ordinaire en hiver. Ce n'est même pas la naissance de l'enfant Jésus, alors nous sommes censés sortir un tas de décorations, préparer de la nourriture spéciale et tout ce genre de choses shi-trucs un jour qui n'a même pas de sens. Ce serait comme célébrer l'anniversaire de votre mère une semaine avant que cela n'arrive réellement.

Logique mise à part, ce sont des vacances que beaucoup de gens aiment et, plus important encore, ce sont des vacances que Faith adore. C'est une bonne chose qu'elle dorme parce que j'ai du travail. Je n'ai pas de lumières de Noël, mais je trouve un tas d'ampoules. Cela prend un peu de temps, mais je suis capable de les assembler. Je les accroche au-dessus de la cheminée. Cela a l'air… brut plutôt que festif. Je les abaisse et peins les ampoules avec la peinture qu'il me restait après avoir retouché la tondeuse ainsi que de la peinture blanche provenant des boiseries à l'intérieur de la maison. Les ampoules peintes sont bien meilleures.

Quoi d'autre est Noël ? Je fais une petite recherche sur Internet. Les résultats me dépriment car je n'ai pas d'ornements, ni de guirlandes, ni de fausse neige. Mais je peux cuisiner. Je prépare un lot de biscuits, étale la pâte avec une bouteille de bière, puis découpe des formes d'arbres et de bonhommes de neige. Ils cuisent bien et le glaçage blanc n'est pas terrible. J'en ai mis quelques-uns sur l'arbre et d'autres dans une assiette pour que Faith puisse les manger une fois qu'elle aura fini avec les crêpes. Dehors, je trouve des pommes de pin et du gui. Je suppose qu'il y a des avantages à vivre dans les bois. J'utilise la peinture verte et blanche sur les pommes de pin et même si les vertes ont tendance à se mélanger, les blanches ont l'air décentes. Un sac de guimauves est sacrifié pour des bonhommes de neige avec des petits morceaux de raisins secs pour les yeux. Ce sont probablement mes meilleurs travaux. Avec quelques branches de pin supplémentaires, je confectionne une couronne et je l'accroche sous la guirlande d'ampoules peintes.

Une fois la maison – enfin, le salon – décorée, je prends un de mes pulls. Il est noir et je ne me souviens plus comment il s'est retrouvé dans mon placard. Peut-être que la vieille Karen du magasin en ville me l'a vendu. Avec le reste de ma peinture, je le décore avec des arbres, des ornements, des bonhommes de neige et je le laisse sécher. Demain je le mettrai et Faith pourra prendre des photos pour son compte internet.

Un moteur qui roule dans ma voie attire mon attention et quand je regarde par la fenêtre avant, je vois que la nuit est passée. Le soleil monte vers son emplacement du milieu de la matinée. Bear arrive dans le couloir en traînant les pieds avec Smittens sur son dos. J'ouvre la porte d'entrée et Bear gronde dehors. Un SUV noir coûteux manque de peu mon chien avant de s'arrêter à environ vingt pieds de ma porte d'entrée. Mes poils s'élèvent face aux intrus indésirables. Ce n'est pas King et sa femme. Il s'agit d'un groupe de personnes différent : un homme au visage pincé et une femme dont les cheveux sont tellement laqués que la brise hivernale ne les fait pas bouger.

«Bonjour!» dit la femme. "Je m'appelle Trish!" Elle monte les escaliers en tendant la main. L'homme le suit à un rythme plus lent.

"Tu as perdu?" Je demande en croisant les bras sur ma poitrine.

Trish s'arrête juste en dessous de moi. L'irritation apparaît sur son visage quand elle voit que je ne vais pas lui serrer la main. «Je ne pense pas», dit-elle en se forçant à sourire. «On m'a dit que ma chère sœur Faith restait ici. Je suis venu la ramener à la maison.

Chapitre 14

Foi

Je me retourne au son de voix venant de quelque part dans la maison. Le côté du lit de Conn est vide et froid. Je ne me souviens pas être passé du canapé au lit la nuit dernière, ce qui signifie que Conn a dû m'avoir porté ici. Il n'a pas couché avec moi ? Je m'assois pour essayer d'écouter un peu mieux. La voix que j'entends est douce et féminine. Je peux presque jurer que cela ressemble à Trish, mais elle n'a aucune idée de l'endroit où je suis. Qui est cette femme ? Une étincelle de jalousie me brûle le ventre. Un sentiment auquel je ne suis pas habitué. Je n'étais même pas un tout petit peu jaloux quand j'ai découvert que mon ex couchait avec ma demi-sœur. Cela me fait seulement mal parce que je n'arrive toujours pas à croire qu'elle me ferait ça.

En ce moment, tout ce que je ressens, c'est de la pure jalousie. Conn n'a pas dormi au lit avec moi la nuit dernière et maintenant il y a une autre femme dans la maison. Je jette mes jambes par-dessus le côté du lit, saute du lit et décide de me diriger pour voir qui est cette femme. Je ne sais pas ce qui m'a pris, mais j'enlève mon pyjama avant de fouiller dans un tiroir pour trouver une de ses chemises à glisser sur ma tête. J'ébouriffe ensuite un peu mes cheveux avant de trouver une paire de ses chaussettes et de les enfiler sur mes pieds.

Je me dirige vers la salle de bain, m'assurant d'avoir l'air d'avoir passé une nuit folle qui n'était pas seulement remplie de films de Noël et de câlins contre Conn. Je pensais que nous finirions par nous embrasser ou quelque chose du genre, mais à la place, nous avons passé toute la nuit blottis contre Conn. avec nos bébés à fourrure. Comment est-il passé de vouloir me baiser comme il le disait à ne pas faire un seul mouvement sur moi ? Il m'a seulement serré fort pendant que nous regardions film après film. Il se levait souvent pour nous chercher des collations avant de me laisser me blottir contre lui où il enroulait son bras autour de moi pour me serrer contre lui. Je me regarde dans le miroir en essayant de me ressaisir. C'est probablement encore King et cette gentille femme qui l'a accompagné la dernière fois. Je déteste l'insécurité que je ressens en ce moment. De plus, je déteste que ce soit ma demi-soeur et mon ex qui me l'aient donné.

Je sors de la salle de bain pour aller découvrir pourquoi Conn a décidé de ne pas rester au lit avec moi et qui diable est ici si tôt le matin. Je me fige dans le couloir au son de la voix de la femme. Cette fois, je sais avec certitude de qui il s'agit. Trish. Je reste figé. Comment m'a-t-elle trouvé ? Nora ne lui aurait jamais dit où j'étais.

"Tu es une belle chose, n'est-ce pas ?" Trish dit de sa douce voix de miel qui fait toujours tomber les hommes partout sur elle. Un jour, j'ai pensé que c'était drôle de voir comment elle pouvait les amener à faire n'importe quoi pour elle. En ce moment, tout ce que je ressens, c'est une rage brûlante. Je n'ai peut-être pas été en colère quand j'ai découvert pour elle et mon ex, mais Conn est différente. Il est à moi et personne ne me l'enlève. Je veux dire, je veux coucher avec lui et elle ne me devance pas. Vous savez, la vengeance sexuelle dont je parlais.

Je marche dans le couloir, essayant de paraître aussi fort que Conn lorsqu'il le traverse normalement, mais je sais que je ne suis pas aussi bruyant. Ils se tournent tous les deux vers moi. Les yeux de Trish s'écarquillent un instant lorsqu'elle me voit, me rappelant ce que je porte. Mes yeux se tournent vers Conn, qui a les bras croisés sur sa poitrine. Je pensais que j'étais fou. Mais il a l'air livide. Je regarde ma demi-soeur mais mes yeux ne peuvent s'empêcher de remarquer toutes les décorations de Noël. Mes mains viennent à ma bouche alors que j'absorbe tout. Il a dû rester éveillé toute la nuit à faire ça.

«Je ne l'aime pas», dit Conn.

« Avez-vous fait tout cela ? » Je fais signe aux trucs de Noël.

"Oui." Il baisse les bras et se tourne davantage vers moi. Il est derrière le bar du petit-déjeuner et l'utilise pour garder un espace entre Trish et lui. Je sais que d'une manière ou d'une autre, il a fait ça exprès. "Elle a amené cette putain de tête avec elle." Je sais immédiatement que

Conn parle de Ben. Mon ex. Est-ce de la jalousie que j'entends dans sa voix ? Je devrai explorer cela plus tard une fois que j'aurai compris ce que ces deux imbéciles font ici.

"Est-il toujours vivant?" Je halete. Conn voulait lui casser le cou l'autre soir. Je ne lui laisserais pas passer ça. Soudain, je suis frappé de plein fouet par la vérité sur ce qui se passe ici. Conn est rude sur les bords. Pourtant, il cuisinait pour moi, regardait des films de Noël avec moi, décorait sa maison, m'offrait un sapin et refusait de laisser quiconque m'emmener d'ici. Il s'est même énervé quand il pensait que quelqu'un m'avait fait du mal. Il m'a aussi donné le plus grand plaisir de ma vie. Il ne veut pas me baiser. Il appelle peut-être ça comme ça, mais Conn veut me garder. Je dois aussi admettre que je ne veux pas de vengeance sexuelle, je le veux, lui tout entier.

« Il ne le laissera pas entrer ! Trish tape du pied, pointant son ongle parfaitement peint vers Conn. "Je pensais qu'il me voulait seul au début." Elle regarde Conn, ayant compris que ses jeux ne fonctionneraient pas sur lui.

"Ouais. Je ne voulais pas de témoins quand je te briserais le cou.

Je me mords la lèvre pour ne pas rire. Trish halète.

« Il vient de me menacer ! » Trish me regarde. « J'appelle les flics. Prends tes affaires.

"Je ne l'ai pas entendu te menacer."

« Laissez George tranquille. Il n'a pas besoin que tu l'appelles si tôt. Sa femme vient d'avoir un bébé et il ne viendra ici que pour te dire ce que je t'ai déjà dit. Il regarde Trish avec un regard mort. « Dégagez-vous de mes terres. »

"Prends tes affaires, Faith," me coupe Trish.

« Mon contrôle n'est pas génial. Je suis à environ deux secondes de sortir et de faire ce que j'ai envie de faire depuis que tu as arrêté mon drive.

"Il n'en vaut pas la peine." Je me dirige vers Conn et pose ma main sur son bras. Je le sens se détendre à mon contact.

"Foi! Avaient quitté." Trish intervient à nouveau.

"J'ai quitté la maison pour une raison." Je tourne mon regard vers elle, ne me sentant plus obligé d'être gentil. Conn déteint peut-être sur moi. Je pense que c'est une bonne chose. "Je ne sais pas comment tu m'as trouvé pour commencer!" Je crie à moitié. Je n'ai dit à personne où j'allais pour une raison. «Ben me traque à moitié. Vous faites exploser mon téléphone. C'est pourquoi je suis parti sans dire à personne où j'allais.

"Vous avez partagé votre position lorsque vous avez publié votre photo sur Instagram." Oh. Ça peut faire ça ? Oops. "Et Benjamin ne te traque pas." Trish lève les yeux au ciel. Je m'approche et trouve mon téléphone. Je l'allume et le fais glisser à travers l'île pour elle.

"Regardez ses textes." Je regarde son visage devenir rouge alors qu'elle les lit. Tout le monde, je suis désolé et il veut que je revienne. Il n'arrêtait pas de m'envoyer des messages disant qu'il ne voulait pas être avec Trish. Il pensait qu'il l'aimait mais c'est moi qu'il veut vraiment. Cette Trish avait tout mis en place. Elle voulait que je tombe amoureuse de lui et qu'ensuite il me brise le cœur. Qu'il avait accepté parce qu'il pensait qu'il était amoureux de Trish mais qu'il avait vite appris que c'était moi qu'il voulait. Il n'avait accepté que dans l'espoir de rendre Trish jalouse, mais à la fin il était tombé amoureux de moi. C'est un tas de conneries fabriquées par deux personnes mesquines. Ils ont pris ma confiance pour acquise et maintenant ils peuvent se débarrasser des terres de Conn. Je ne pars pas. Il ne me reste plus rien là-bas. D'une manière ou d'une autre, je sais que mon avenir est ici avec Conn.

"Je te montre ça non pas parce que je veux te faire du mal." Contrairement à elle, qui a intentionnellement essayé de me faire du mal. "Je te le montre parce que de toute façon, c'est un connard." Je montre la porte où, je suppose, Ben se tient probablement dehors. "Ce que je ne comprends pas, c'est pourquoi tu m'as mis en contact avec quelqu'un avec l'intention de me faire du mal ?"

Elle fait glisser le téléphone sur le comptoir, le faisant heurter le sol avec un grand craquement. Conn commence à bouger mais je serre son bras plus fort pour qu'il ne le fasse pas. Smittens saute sur le dossier du canapé pour regarder Trish comme elle le fait toujours. Mon chat la déteste. Cela a toujours été le cas. Ben aussi. J'aurais dû savoir. Mais elle aime Conn.

"Où est Bear?" Je lève les yeux vers Conn et réalise qu'il n'est pas là. Ma sœur marmonne quelque chose à propos de l'horreur des décorations de Noël. J'ai envie de la gifler maintenant. Toutes les autres choses qu'elle a faites et dites, je peux les laisser passer, mais le fait qu'elle rabaisse Conn va être mon point de rupture.

«Faire son travail», répond-il. Son regard mortel reste sur Trish.

"Il a un travail?" Quel genre de travail Bear pourrait-il avoir ?

"Je regarde des conneries dehors." Il me regarde pendant un moment. Le côté de sa bouche se relève alors qu'il me regarde. Ses yeux deviennent doux. Ouais, Conn est rude sur les bords mais il essaie d'être gentil avec moi. J'aime penser que je le fais ressortir en lui.

« Petite Miss Faith. Celui qui est toujours aussi parfait et gentil », coupe Trish. « Pourquoi ne peux-tu pas ressembler davantage à Faith ? Elle est contente de ce qu'elle a. Pourquoi n'es-tu pas plus reconnaissant ? Je sais qu'elle répète les mots de quelqu'un d'autre, mais je ne sais pas de qui. "C'est tout ce que j'entends de maman et papa." Elle répond à ma question tacite. Je ne les ai jamais entendus dire ce genre de choses. J'étais toujours surveillé. Au moins, c'était ce que je ressentais.

« Maintenant, j'ai des ennuis parce que tu es parti ! C'était seulement du sexe, Faith. Cela ne signifie rien. Surmonte ta petite crise de colère et rentre à la maison. Tu es ridicule. Benjamin a dit que tu ne t'éteindrais pas ! Les hommes ont des besoins. Tu devrais me remercier d'avoir couché avec lui pour toi. Je ne comprends pas pourquoi elle est maintenant en colère parce que Ben veut de moi si elle n'a jamais voulu de lui. Bon sang, je ne suis pas sûr que Trish sache ce qu'elle veut. Elle a clairement des problèmes et j'en ai marre d'être la personne à qui elle s'en prend. Je veux qu'elle sorte de ma vie. Elle est ici uniquement parce qu'elle a bouleversé ma belle-mère et mon père. C'est là qu'elle obtient tout son argent. C'est la seule raison pour laquelle elle essaie de me faire rentrer à la maison. Elle ne semble pas non plus se soucier du fait que certains des textes que Ben m'a envoyés étaient carrément effrayants.

"Le sexe avec quelqu'un comme Faith n'est pas que du sexe", dit Conn. Sa voix est plus calme maintenant. Je le regarde. Une de ses grandes mains s'approche de mon visage. "Ce serait comme trouver le paradis." Mon cœur bat dans ma poitrine. Je ne peux pas croire qu'il ait dit quelque chose d'aussi gentil. "On pourrait même se ridiculiser dans l'espoir qu'elle leur laisse profiter d'un petit peu de ce paradis."

"Connecticut." Je souffle son nom. Ouais, il est rugueux sur les bords, mais il les adoucit pour moi. Je ne veux pas qu'il perde toute sa rudesse. C'est en partie pourquoi je l'aime tant. Mon souffle se coupe. Je l'aime. Est-ce l'amour que je ressens ?

Un grognement sourd vient de l'extérieur. "On dirait que Ben a un désir de mort." Conn contourne le comptoir, attrapant ma demi-soeur par le bras tout en la poussant vers la porte.

"Que fais-tu?" Elle essaie de se dégager de son emprise. Conn ouvre la porte et la libère en même temps qu'elle s'éloigne de lui à nouveau. Elle sort en trébuchant et donne sur le porche. Bear se tient sur le porche, les dents découvertes, grognant après mon ex. Ben reste là, immobile, son visage est aussi blanc que la neige qui tombe.

"Mon manteau!" Trish hurle. "C'est Burberry." Elle se relève pour essayer de nettoyer la neige du manteau.

"Ours, talon." L'ours s'assoit instantanément et arrête de grogner.

"Vas-tu le laisser me traiter de cette façon?" Trish demande à Ben, dont les yeux rebondissent entre Conn et moi.

« Êtes-vous Conn Wilson ? » demande Ben.

"Partir. Vous deux." Conn ne lui répond pas.

"Comme le Conn Wilson?" Ben réessaye.

"Comment vous connaît-il?" Je murmure en regardant Conn.

« Parce que Conn Wilson a créé un module d'intelligence artificielle qui détectait les micro-transactions que certains traders utilisaient pour frauder les entreprises à hauteur de plusieurs milliards de dollars. Il l'a vendu à un consortium bancaire pour environ un milliard de dollars, puis il a disparu de la surface de la Terre. »

Je reste là, choqué. Trish se jette sur lui. Conn l'évite et elle fait face aux plantes dans la neige. Je ne peux pas m'empêcher de rire. Je regarde Conn, qui sourit également à la scène devant lui.

« Vous avez dix secondes avant que j'entre et récupère mon fusil de chasse. Un deux-"

Ben saute du porche et commence à se diriger vers le SUV, laissant Trish dans la neige.

Chapitre 15

Foi

"Il reviendra me chercher", dit Trish, frissonnant dans la couverture de laine que Faith a enroulée autour de ses épaules. Je ne sais pas pourquoi nous donnons des vêtements, des couvertures et du scotch à cette personne. Ouais, elle a été abandonnée dans la neige par ce connard mais c'est peut-être là qu'elle mérite d'être.

Malheureusement, je n'ai pas pu prendre cette décision. C'est la foi qui prend les devants. Je commence à préparer à manger. Ces crêpes ne cuisent pas toutes seules.

"Bien sûr qu'il le fera", dit Faith, mais son ton n'est pas convaincant.

Je verse les ingrédients secs dans un bol et mélange le babeurre et les œufs.

« Il a juste été pris au dépourvu. Je veux dire... tu es un peu son héros et t'entendre lui parler comme ça était vraiment méchant.

Il y a une petite poche de silence pendant laquelle je mets du beurre sur la plaque chauffante. Cela fait un joli son grésillant.

"Tu n'as rien à dire pour toi?"

Je lève la tête pour réaliser que la demi-soeur me parle. "Pas vraiment." Je hausse les épaules et me retourne à mes gâteaux. "A quel point as-tu faim?"

"Je n'ai pas faim du tout."

«Mourir», répond Faith.

« J'en ferai deux douzaines. Nous pouvons congeler les extras et vous pouvez en neutraliser un si vous avez faim.

"Je n'arrive pas à croire que vous parliez tous les deux de nourriture en ce moment !" » hurle Trish.

"Elle a raison", ajoute Faith. « Nous devons faire quelque chose avec elle. Pouvons-nous l'envoyer chez King's ?

"Nous pourrions." Je retourne les gâteaux et souris de satisfaction devant la finition dorée parfaite. "Mais alors je devrais laisser King me tirer dessus au moins une fois."

"Eh bien, ce n'est pas bon."

"Qui est le roi?"

"C'est un homme riche qui habite dans la rue", je réponds. Peut-être que s'il me tirait juste une balle dans la partie charnue de ma cuisse, tout irait bien. Au moins, nous serions débarrassés de cette harpie.

« Tu ne pourrais pas le payer ?

"Il ne dirige pas vraiment un hôtel." Et il n'a pas besoin d'argent. Comme moi, il a réussi dans une ancienne vie et il s'est tourné vers les bois ici pour plus d'intimité. Je ne sais pas grand chose de son histoire. Ce n'est pas quelque chose que j'ai besoin de savoir. De même, il m'a laissé tranquille.

«Je ne pars pas d'ici. Ben sera de retour dès que son... (Trish agite la main) – quoi qu'il se passe soit passé.

"Pourquoi ne pas l'appeler?" Je suggère. Le premier tour de gâteaux est terminé. J'empile une petite pile et verse les fraises dessus. "Fouetter la crème?" Je demande en désignant le bol de lait fouetté et de sucre.

« Vous n'êtes jamais obligé de poser cette question car la réponse sera toujours oui », déclare Faith. Elle quitte Trish et se dirige vers le comptoir. Je lui prends une fourchette et lui verse un verre de lait.

« Qu'est-ce qu'on fait avec la fille ?

"Je ne sais pas." Faith semble un peu impuissante. "Il fait trop froid pour la mettre dehors."

«Je n'ai qu'une seule chambre», lui dis-je.

"Je le sais et croyez-moi, je ne veux pas non plus passer Noël avec elle."

« Mon Dieu, ces décorations sont ringardes. Je ne peux pas croire qu'avec tout ton argent, tu imposes ce genre de chose à Faith, » annonce Trish d'une voix forte.

Faith se retourne, sa fourchette levée comme une arme. « Les décorations sont superbes et rustiques. »

"Rustique ? C'est comme ça que vous appelez des ampoules peintes et que sont ces choses sur l'arbre ? Ces gouttes écrasées ensemble ?

"Ce sont des bonhommes de neige", je réponds avec raideur. Faire des décorations maison, ce n'est pas mon truc. Je peux cuisiner, garder une maison bien rangée, faire du codage si j'en ai envie, couper du bois et tondre l'herbe. Je glisse un regard vers Faith. Est-ce que cela lui suffit ?

"Tous ceux qui ont des yeux peuvent voir que ce sont des bonhommes de neige, Trish." Faith se dirige vers l'arbre et récupère l'ornement des mains de Trish. « Ici, tout est fait maison parce que c'est comme ça qu'on le veut. Vous avez entendu Ben. Mon homme pourrait racheter toute l'industrie de la décoration de Noël, mais comme il tient tellement à moi, il a fait tout cela pour moi.

"Votre homme ?"

Mon homme ? Une impulsion d'énergie se charge le long de ma colonne vertébrale et s'installe dans ma bite. C'est le premier mot d'appropriation que j'entends dans sa bouche et ça sonne vraiment bien.

"Oui, mon homme." Faith quitte l'arbre pour venir à mes côtés. Elle enroule une main autour de mes biceps et regarde sa demi-soeur avec un regard de défi. « Il me nourrit, prend soin de Smittens et reste éveillé toute la nuit pour s'assurer que notre maison est joliment décorée pour Noël. Que fait ton homme ? Oh, c'est vrai, au premier signe de conflit, il a mis sa queue entre ses jambes et s'est enfui. Je n'aime pas jouer aux jeux de comparaison parce que ce n'est pas sain mais je pense qu'il est évident qui gagne ici et ce n'est pas vous.

La mâchoire de Trish tombe et, à vrai dire, la mienne serait également par terre si je ne serrais pas les dents. Peut-être que lorsque Faith disait qu'elle voulait baiser, ce qu'elle voulait vraiment dire, c'était qu'elle voulait être aimée. Cela ne fait qu'un jour et la plupart des gens diraient qu'on ne peut pas tomber amoureux comme ça, mais j'ai su dès que je l'ai vue qu'elle était faite pour moi. Pour moi, étant donné que tout ce que je sais vraiment, ce sont des lignes de code, comment poussent les arbres et que Bear est le meilleur chien du monde, la baiser était le moyen de lui dire que je l'aimais. Mais Faith avait besoin de le voir. Je n'ai pas fait les décorations, peint les bulbes et abattu l'arbre pour qu'elle tombe amoureuse de moi ; Je l'ai fait parce que je voulais qu'elle soit heureuse.

Je prends sa main et la porte à ma bouche. "Je t'aime, Faith."

Cette fois, sa mâchoire tombe. "Tu m'aimes ?"

"Ouais." J'éteins le feu, retire la fourchette de sa main et fais un signe de tête en direction de Trish. « Il y a les clés de mon camion accrochées près de la porte arrière. Si vous sortez d'ici dans les cinq prochaines minutes, vous pouvez garder le camion et je vous enverrai cent mille dollars avant la fin de la journée.

"Tu vas n-"

Je pose ma bouche sur celle de Faith et embrasse sa protestation. Mon compte bancaire contient tellement de zéros que j'aurais pu faire à Trish un chèque à dix chiffres sans le ressentir. De plus, aucun montant n'est trop élevé pour passer du temps seul avec Faith. Je la prends dans mes bras et la porte dans le couloir jusqu'à la chambre. Je ne sais pas si Trish part. Je m'en fiche vraiment. Ce que je sais, c'est que j'aime Faith et je dois lui montrer à quel point, pas seulement avec des décorations de Noël, des crêpes et de la nourriture pour son chat, mais avec mon corps.

Je l'allonge sur le lit et m'éloigne d'elle. "Je ne veux pas te baiser, Faith," dis-je. "Je veux t'aimer."

"Oh", est sa douce réponse, suivie rapidement d'un coup de poing dans le bras. "Pourquoi n'as-tu pas dit ça?"

Je frotte l'endroit où elle a pris contact. « À quoi servait ce coup de poing ?

«Pourquoi me demandais-tu toujours de...» Elle fait un petit mouvement avec son poing.

Je ravale un éclat de rire face à sa timidité. Il y a à peine vingt-quatre heures, j'avais le visage enfoui entre ses jambes et ma langue dans la chatte mais elle n'arrive pas à dire putain et il y a quelque chose de si attachant là-dedans. J'ai envie de la prendre dans mes bras et de l'embrasser jusqu'à ce qu'elle soit rouge de désir et de rire. « Tu voulais une vengeance sexuelle. Je voulais te donner ça, mais aussi parce que tu es tellement chaud que parfois la seule chose à laquelle je peux penser est de te goûter, de te sentir.

Elle regarde à travers ses cils. "Personne n'a ressenti cela à mon égard auparavant."

"Mieux vaut ne pas le faire, sinon je devrais le tuer." Je tire sur sa chemise. Elle me laisse le faire.

"Est-ce que c'est ce que tu ressens pour Ben?"

« Mieux vaut ne pas prononcer son nom dans notre lit. » Ses fesses se détachent ensuite.

"Oh, que se passera-t-il si je le fais?" Elle me taquine en m'aidant à enlever mes vêtements.

"Tout le monde a besoin de savoir que tu es à moi donc je vais devoir te marquer ici." Je dessine un cœur sur sa poitrine. "Et ici." Je descends jusqu'à l'endroit où sa culotte protège son sexe. "Et même ici." J'atteins ses orteils.

"Et ici?" Elle se tapote les lèvres.

Je lui prends le menton. "Surtout là-bas."

Je l'embrasse alors fort, car cela fait un moment que je n'ai pas eu la bouche sur elle. Je me penche et lui caresse la chatte à travers ses sous-vêtements. Elle est mouillée et prête contre mes doigts. Je glisse sous l'élastique et j'appuie à l'intérieur. Le halètement qui s'échappe d'elle s'enflamme à l'intérieur de mon corps. Ma bite pend lourdement entre mes jambes.

Préliminaires, me dis-je. J'ai besoin de faire quelques préliminaires mais ma bite me fait mal et le besoin de la prendre, de la revendiquer comme la mienne est écrasant. Je me détache de sa bouche et glisse mes lèvres sur sa mâchoire. "Je dois t'emmener maintenant."

Ce n'est pas une exigence mais un plaidoyer. Ses lèvres se recourbent alors qu'elle hoche la tête. "Accroche-toi à moi." Je prends ma lourde bite dans mes mains et la presse contre son noyau humide et chaud. Elle est serrée, tellement serrée que je pense que je ne vais pas y rentrer. Ses ongles s'enfoncent dans ma peau. «Ça va aller», lui dis-je même si je ne suis pas sûr que ce sera le cas. Elle est si petite.

"Est-ce que tu deviens plus petit?"

"Non." Au contraire, je grossis à chaque seconde que je passe avec mon bout entouré de sa chaleur. Je reprends sa bouche et l'embrasse en signe de réconfort, de promesse, d'amour. Elle me rencontre avec la même passion et je me glisse un peu plus loin puis un peu plus jusqu'à ce que je sois bien assis. Mes muscles me font mal à cause de l'effort que je fais pour me retenir. De la sueur s'est formée sur ma poitrine et mon front. Ses ongles ont créé des creux dans ma peau.

Je ne me suis jamais senti mieux. Je pourrais déplacer une montagne en ce moment.

Je commence à bouger, traînant ma bite le long de ses tissus doux et sensibles. Elle se cambre, désespérée d'avoir ce contact.

Se libérant de ma bouche, elle halète : « Ne me quitte pas.

Je la regarde dans les yeux. "Jamais." Et puis je me remets en place.

Un cri s'échappe d'elle. Les talons s'enfoncent dans mon dos alors qu'elle me serre fort contre elle. Je la caresse avec ma bite jusqu'à ce que tout son visage se transforme alors que l'orgasme la rattrape. Ses paupières se ferment et la peau s'étend sur ses pommettes. Une rougeur la couvre de la tête aux pieds et la joie inonde son expression. C'est la même joie qu'elle éprouve lorsqu'elle parle de son pull lumineux, de ses Smittens ou de ses pancakes, sauf que c'est cent fois plus lumineux et plus beau et je veux le voir sur son visage tous les jours jusqu'à ma mort.

Mon propre orgasme s'écrase sur moi et je pompe ma semence dans son corps accueillant. Je vais la mettre enceinte. Je vais lui donner un bébé. Je vais la garder pour toujours.

Oui. Oui. "Oui", je crie.

Mon éjaculation dure éternellement, projetant des graines laiteuses dans son étau serré jusqu'à ce que tout mon corps se sente vidé. Je m'effondre, roule sur le côté et la tire sur moi pour ne pas perdre le contact. Ses cheveux sont plaqués sur son visage. J'écarte quelques mèches.

"Ça me va", je plaisante.

"Ça faisait." Elle rit, vivement et fort. "Je ne pensais pas que ce serait le cas, mais, oh mon Dieu, c'est le cas."

Je lui caresse le dos d'une main, m'émerveillant de la façon dont, à Noël dernier, j'étais seul avec seulement Bear pour compagnie, mais maintenant j'ai Faith.

"À quoi penses-tu?" Ses lèvres bougent contre mon cou.

"Que j'ai vraiment de la chance que tu aies dû pisser si fort que tu es descendu dans ma voie." C'est un peu effrayant de penser à quel point nous nous sommes presque manqués. Elle aurait pu aller chez King et je ne l'aurais jamais rencontrée.

«Nous nous serions retrouvés», dit-elle comme si elle pouvait lire dans mes pensées. «Je serais allé en ville, je t'aurais vu à l'épicerie et je t'aurais suivi jusqu'à la maison.»

«Non, je pense que c'est mon histoire. Un seul regard sur toi et j'étais foutu.

« Je n'ai jamais cru au coup de foudre », avoue-t-elle. "Et toi?"

"Je n'ai jamais cru à l'amour."

"Comment ça se fait?"

«Jamais personne ne me l'a donné. Je n'ai jamais eu personne à qui le donner. J'ai grandi dans des familles d'accueil et dès que j'ai pu prendre soin de moi, j'ai décollé. Les ordinateurs, les chiffres et les billets d'un dollar m'occupaient. Je n'aurais jamais cru avoir besoin d'autre chose, pas avant l'arrivée de Faith.

"Eh bien, je suis là maintenant alors tu ferais mieux d'y croire."

J'incline la tête pour qu'elle puisse voir la sincérité dans mes yeux. "Il n'y a rien en quoi je crois plus que toi, Faith."

Épilogue

"Quelle taille d'arbre veux-tu que j'obtienne ?" Je demande à ma femme, assise sur le canapé devant la télévision. Bear est recroquevillée sur ses pieds tandis que Smittens a élu domicile sur le dossier du canapé. Smittens est de bonne humeur depuis quelques mois depuis que son endroit préféré pour se reposer – les genoux de Faith – a été occupé.

Faith passe une main sur son ventre. "Je ne sais pas. Peut-être juste un petit ? Je ne me sens pas vraiment Noël cette année.

J'arrête de glacer les biscuits bonhomme de neige et regarde mon bébé avec consternation. Est-ce qu'elle vient de dire qu'elle ne ressentait pas l'esprit des fêtes ? Ma foi? C'est du genre à traîner les bibelots en octobre. Les lumières entourant le toit du lodge ont été suspendues avant que je mange tous les bonbons d'Halloween. Des boîtes de rangement remplies d'ornements, de guirlandes et de lumières sont dispersées dans le salon.

"C'est juste que ça demande beaucoup de travail et je ne sais pas si je me sens à la hauteur." Elle jette un regard coupable dans ma direction. "Est-ce que c'est terrible?"

"Non." Inquiétant, mais pas terrible. Je pose le tube de glaçage et traverse la pièce pour la rejoindre. « Ça va sinon ? »

Elle pose sa tête sur mon épaule. «Ouais, je suis juste prêt à ce que le petit fasse son apparition. Je dois avouer que je pensais vraiment que j'aimerais davantage une grossesse. J'adore les bébés et toutes ces photos de femmes enceintes sur Insta m'ont rendu super excitée. Au début, c'était génial mais maintenant je suis prêt à voir le petit sortir. » Elle se tapote légèrement le ventre. « Qu'est-ce qui prend si longtemps, petit ? »

Je capture sa main et la presse contre ma bouche. « Être assis là semble bien mieux que de venir ici. Les températures du vent seront négatives 14 demain.

"Cela semble horrible."

Je lui donne un autre baiser la main et retourne au poêle, où du cidre chaud s'est réchauffé. Je verse un peu du mélange dans une tasse et l'apporte à Faith avec quelques cookies. "C'est le temps idéal pour rester à l'intérieur près de la cheminée."

"J'allais sortir avec toi pour récupérer l'arbre, tu te souviens?"

« Bear et moi savons ce que nous faisons. En plus, je m'inquiétais pour toi là-bas dans la neige.

"Vous étiez?"

« Ouais, mais je ne voulais rien dire. Par exemple, je préférerais que vous vous asseyiez sur ce canapé et que vous regardiez la télévision avec Smittens plutôt que de faire quoi que ce soit. J'ai failli avoir une crise cardiaque hier quand je suis rentré à la maison et j'ai vu toutes les boîtes. »

"Les ornements sont vraiment légers."

"Euh hein."

"D'accord. Va me chercher un arbre. Je suppose que c'est une sorte de tradition que vous le choisissiez."

Je me lève et jette une autre bûche sur le feu. Le volume de la télévision a été coupé. Je monte le volume et jette la télécommande à côté d'elle. «Je vais aller chercher un petit arbre et d'autres conneries. Restez sous la couverture et restez au chaud.

Je lui donne un rapide baiser et sors de la maison avant qu'elle ne puisse changer d'avis. Mais elle a raison. C'est une tradition. La première année, elle n'arrivait pas à croire que je n'avais pas célébré Noël et la deuxième année, j'ai trouvé l'arbre parfait alors que j'étais en train de nettoyer des branches tombées qui s'étaient cassées lors d'une tempête. Je l'ai coupé et je l'ai ramené. Ce n'était que fin octobre et la neige avait à peine épousseté le sol, mais Faith était follement heureuse. Nous avons même commandé un support pour ne pas avoir à utiliser de sacs de sable ni de corde. Cette année, nous allions y aller ensemble, en partie parce que je me sentais coupable de toujours cueillir son arbre. Mais je m'inquiétais du fait qu'elle se promène dans les bois étant enceinte de huit mois.

Bear et moi localisons un arbre parfait – pas trop grand pour ne pas écraser Faith et pas si petit qu'elle ait l'impression de reconstituer le spécial de Noël de Charlie Brown. Nous avons regardé toutes les émissions spéciales l'année dernière. Celui-là est mon préféré avec le grand gars en costume d'elfe parce que cette merde est pertinente. Je ne serais pas non plus un bon elfe. Les elfes doivent être petits, comme Faith. Elle serait l'elfe parfaite, même si je ne laisse même pas le Père Noël la voler.

J'abats l'arbre et nous rentrons chez nous. Le modeste lodge que j'avais construit lorsque j'ai emménagé a une belle annexe vitrée qui était sombre quand je suis parti mais maintenant elle est totalement éclairée et il y a du monde qui bouge. « Que se passe-t-il, Ours ?

» Il soupire en réponse avant de se précipiter vers la porte arrière. Je garde les yeux rivés sur l'intérieur en attendant que Faith passe devant l'une des nombreuses vitres. Au moment où j'arrive sous le porche, j'ai compté dix personnes, dont la vieille Karen et Henry, King et quelques autres que je ne reconnais pas.

Quand j'ouvre la porte, Faith est là pour m'accueillir. "Surprendre!" elle crie.

"Qu'est-ce qu'il-"

Elle pose une main sur ma bouche. « Il est tellement heureux que vous soyez tous là », crie-t-elle gaiement. Elle me dit : « J'ai installé le support d'arbre là-bas. Eh bien, je ne l'ai pas fait. King a insisté mais c'est prêt pour toi.

Je lance à King un regard reconnaissant qu'il reconnaît d'un léger signe de tête. "Qu'est-ce qui se passe, bébé?"

«Hayley a appelé et voulait connaître la recette du cidre que vous préparez toujours. Nous avons commencé à discuter et avons décidé d'organiser une fête de décoration du sapin de Noël.

Toutes les objections à cela me sortent de la tête lorsque je regarde le visage de ma femme rayonnante.

« Ça ne vous dérange pas, n'est-ce pas ? » elle murmure doucement.

"Sûrement pas." Putain, je danserais nue à Times Square pour lui mettre un sourire comme ça sur le visage. J'ai posé l'arbre sur le support. King met les stabilisateurs en place et sa nouvelle épouse étend un tissu de couleur tartan autour de la base. Avec tous les coups de main, les décorations sont mises en place en un rien de temps. Bientôt, les meubles ont été repoussés, les lumières ont été baissées et Faith est dans mes bras, pressant sa joue ronde contre ma poitrine. Je me balance au rythme de la musique, la serrant contre moi.

"C'est le Noël dont j'ai toujours rêvé", dit-elle. "Amis, famille et surtout vous."

"Moi ?" Je n'ai jamais été le rêve de personne.

"Oui, quand j'étais jeune, je m'imaginais toujours passer ces vacances magiques avec quelqu'un qui m'aimait autant que je l'aimais alors, oui, c'est vraiment mon rêve devenu réalité."

Épilogue

Foi

Des années plus tard

Je gémis autour de la bonté délicieuse alors que je vole une autre bouchée. "Je savais que je te trouverais ici." Je me retourne au son de la voix de mon mari alors que je mets le reste du biscuit dans ma bouche.

«Je peux être le Père Noël», dis-je la bouche pleine du dernier biscuit de l'assiette. Je prends le verre de lait et le nettoie également. Conn rit alors qu'il vient m'embrasser. Je soupire dans sa bouche alors que sa main frotte la petite bosse qui se forme déjà. Nous attendons notre troisième et dernier bébé. Même si je dis à chaque grossesse que ce serait la dernière, dès que le bébé devient un petit enfant, je commence à en vouloir un autre. Conn est toujours prêt à me donner ce que je veux. Si je n'en voulais qu'un, il en aurait été content. Il a dit qu'il serait plus que disposé à m'en donner autant que je le voulais parce qu'il adore me voir avec son enfant.

"Tu fais le Père Noël parfait, bébé." Il me soulève et m'assied sur le comptoir. Je le regarde pendant un moment, pensant à la façon dont nous sommes devenus il y a toutes ces années. Je suis toujours un peu nostalgique à cette période de l'année, et les hormones de grossesse s'y ajoutent un peu.

"Ça me manque ici." Je regarde autour de moi notre petite cabane que nous appelions autrefois notre maison. Désormais, nous ne l'utilisons qu'à Noël. C'est une tradition de rester ici la veille de Noël. Nous l'appelons notre maison de Noël parce que c'est exactement ce que c'est. Il avait fallu des mois à Conn pour me convaincre de déménager d'ici, mais je savais qu'il avait raison. Nous étions devenus trop grands pour cet endroit lorsque nous avons eu notre premier enfant et lorsque le deuxième est arrivé, j'ai su qu'il était temps. J'ai dû laisser tomber, mais seulement après que Conn ait promis que nous continuerions à célébrer Noël ici. D'accord, je ne sais pas si vous appelez construire une maison à un kilomètre et demi de la route « laisser tomber », mais quand même. Techniquement, nous ne restons plus ici, sauf la veille de Noël. De temps en temps, Conn et moi nous faufilons ici pour un rendez-vous amoureux sans les petits sous les pieds, mais cela ne dure jamais plus de quelques heures.

"Notre maison ressemble à ça." Je ris. Je suis resté fidèle au look rustique lorsque nous avons construit notre nouveau logement, mais ce n'est pas si rustique que ça. Il dispose de toutes les commodités modernes mais n'est pas trop sophistiqué.

« Nous pouvons venir ici à tout moment. Je suis presque sûr de t'avoir baisé sur ce canapé il y a deux semaines.

Je pose mes mains sur sa poitrine. C'est ce qu'il a fait et c'était époustouflant. Mais ce n'est pas nouveau pour nous. Depuis le moment où nous nous sommes rencontrés, nous avons eu une attirance indéniable l'un pour l'autre.

"Tu l'as fait." Je souris en penchant la tête en arrière pour lui offrir un baiser. Il le prend. Même si nous nous sommes embrassés des milliers de fois, je ne me lasse jamais de lui.

"Tu veux que je te fasse plus de cookies ?" il offre. Oui, mais je le veux plus que toute autre friandise en ce moment.

"Je vais bien." Je glisse mes mains sur sa poitrine et les enroule autour de son cou. "Ils dorment ?"

"Ils se sont évanouis."

"Menteur." Cela fait maintenant plus d'une heure qu'il couche nos deux petits. Je parie qu'ils lui ont parlé de quatre livres supplémentaires. Il a peut-être l'air intimidant, mais nos enfants l'ont enroulé autour de leurs petits doigts. C'est un si bon père. Je savais qu'il le serait. Je voulais que mes enfants aient l'enfance dont j'ai toujours rêvé. Avec deux parents qui les aimaient et les adoraient. Je voulais qu'ils sachent qu'ils passeraient toujours en premier et qu'ils seraient aimés. Conn et moi n'avons peut-être pas eu cela, mais nos enfants l'auront.

« J'appelle cela étirer la vérité. Ils se sont évanouis. Il sourit. "Après le cinquième livre environ." Je ris contre lui, le tirant vers le bas pour un autre baiser. Je savais que c'était ce qui s'était passé parce que Conn est tellement nul quand il s'agit de nos enfants. C'est adorable.

« Cet endroit recèle tellement de souvenirs. Nous avons eu toutes nos premières ici. Notre premier baiser, notre premier arbre, notre premier enfant. Je regarde autour de moi toutes les décorations faites maison qui sont éparpillées partout. Nous avons pris pour tradition de fabriquer des décorations à partir de tout ce que nous pouvions trouver, tout comme Conn l'a fait pour moi lors de notre première rencontre. Ce souvenir me fait sourire. Bear est allongé près de la cheminée avec Smittens sur lui comme d'habitude. Ils sont inséparables depuis leur rencontre et cela n'a rien changé.

"Je t'aime", dit Conn en me regardant.

"Je t'aime aussi." Il me soulève et me transporte vers le canapé. Il s'assoit avec moi sur ses genoux et je me tortille sur sa dureté.

« Tu veux ton cadeau de Noël plus tôt ? » Je me tortille à nouveau, le faisant gémir.

« Tu es mon cadeau. Le jour où tu es entré dans ma vie a été le meilleur cadeau que j'aurais jamais pu demander. Ensuite, tu m'as aimé et je ne pensais pas que ça pourrait être mieux que ça jusqu'à ce que tu me donnes une famille. Les larmes me montent aux yeux à ses paroles. "J'ai la Foi. Que demander de plus ? »

"J'ai su au moment où j'ai allumé mon pull que tu étais fichu." Il sourit avant de déposer un baiser sur mes lèvres.

« Assez de ces paroles douces. Puisque tu es assise sur mes genoux, ma douce fille, pourquoi ne me dis-tu pas si tu as été méchante ou gentille.

Je ris contre ses lèvres. "Certainement méchant."

Don't miss out!

Visit the website below and you can sign up to receive emails whenever Ashley Colem publishes a new book. There's no charge and no obligation.

https://books2read.com/r/B-A-TMQAB-VMRQC

BOOKS 2 READ

Connecting independent readers to independent writers.

Did you love *Captive d'une Nuit Enneigée: Jusqu'à ce qu'elle apparaisse et que son âme se sente captivée*? Then you should read *Kataliya, la Parfaite Élue*[1] by Ashley Colem!

[2]

Bruno et Klivens sont les meilleurs amis depuis leur première rencontre. De plus, ils ont fréquenté la même université et ont été sélectionnés par la même équipe. Toute leur vie, ils ont été conscients de leur désir de partager avec une seule femme. Et ils ont reconnu Kataliya comme étant celle-là dès qu'ils l'ont vue.

Ces hommes sont excessifs, mais ils sont follement amoureux de la personne avec qui ils sortent. Ce foyer comprend deux fois plus d'alphas, deux fois plus de possession et deux fois plus de souffrance.

Rejoignez-les pour vous amuser !

---

1. https://books2read.com/u/m2EzBr

2. https://books2read.com/u/m2EzBr

Also by Ashley Colem

Bien Trop Brutal

Obsede Par Elle

Limite dépassée

Amour Improbable

Kataliya, la Parfaite Élue

Le Choix Ultime d'un Seul Amour

Réveille-toi, Barbara

Sexe à Répétition

Taïna est en feu

Captive d'une Nuit Enneigée: Jusqu'à ce qu'elle apparaisse et que son âme se sente captivée

Ces Attouchements Tabous: Cette nuit-là, il a changé ma vie pour toujours

Épuisement: Sienna est peut-être jeune, mais son corps sait ce dont il a besoin

Il va l'avoir: William veut Jesse plus que tout au monde

La Femme de ses Rêves: Il est obsédé par la jeune beauté qui lui a volé son cœur

Le No 1 des Connards: Il ne cherche pas d'excuses pour ce qu'il est ou ce qu'il fait

L'étrange Mariage du Milliardaire: Depuis qu'elle a commencé à développer des sentiments pour Clark

Maintenant... Elle est à moi pour Toujours: Je mets un bébé dans son ventre et une bague en diamant à son doigt

Piégé par elle: Celle qu'il voulait blesser s'est avérée être la seule à avoir jamais touché son cœur

Tenir si Fort: Il ne savait pas qu'une obsession pouvait s'emparer de lui aussi fort

Un Alpha de Mauvais Caractère: Aucune femme n'a jamais été capable de le gérer

Un Échange Très Étrange: Le destin de Cian et de Serenity, croisés dans un lycée américain